U0110204

讓日常生活成為你的文

〔實境式〕

生活大小事
文法這樣用

徹底融合情境，學會真正用得上的實用英文文法

作者：**Joseph Chen** 喬的英文筆記

全書MP3一次下載

http://booknews.com.tw/mp3/9789864542550.htm

iOS系統請升級至iOS13後再行下載，下載前請先安裝ZIP解壓縮程式或APP，
此為大型檔案，建議使用Wifi連線下載，以免占用流量，
並確認連線狀況，以利下載順暢。

各位讀者大家好：

我是喬的英文筆記部落客 Joseph Chen。

當初出版社找我討論如何寫這本書的時候，我希望能夠寫出一本讓對英文文法不熟悉的人，也能沒壓力學習文法的書籍。雖然我自己在求學過程中，在學習英文文法時比較沒有碰到太大阻礙，不過我也不是那種喜歡背誦的人，所以希望能夠把自己過往以理解為中心的學習方式，系統化地利用書本的方式記錄下來。

學習語言應該要能應用於生活之中，而不是單為考試。所以我不想參考太多學校教育中學習英文的方式來寫這本書。我相信這本書可以幫助到對英文不是特別熟悉的讀者，並學習到基礎的文法知識。

這本書的學習方式是透過精心設計的對話，帶出生活中會使用的表達方式及單字，並且盡量不用過多的文法專有名詞（例如補語）來解釋相關知識。我知道很多讀者都跟我一樣，不喜歡文法中那些複雜的專業術語，但有趣的是，不喜歡這些專業術語的我，現在也可以在外商裡順利地與外國人一起工作。我相信學習英文無論是從哪裡開始，都一定有進步的可能性！

坊間有許多人說：「英文文法不重要，只要敢說就好。」，我認為這句話只對了一半。

英文文法在你沒勇氣開口說的時候不重要，但在你有了開口說的膽量之後，你就會更在乎自己說出來的話是否正確，以及在母語人士聽來會是什麼樣的感覺。

總而言之，我相信你會很在意自己使用的英文，在文法上是不是正確的，無論是在口語還是正式文件之中。我寫這本書，也是希望能夠幫助對英文不熟悉的讀者，能夠抓住文法的大方向，並徹底理解及應用，不論是在工作還是旅遊時都能因此受益。

　　分享一下我自己在外商中工作的感覺，在當上主管後，除了策略面之外，最重要的環節往往就是團隊之間的溝通。在外商之中進行溝通時，除了情商之外，最重要的就是語言能力了。無論是書寫還是口說，每一字、每一句，若都可以精簡表達出自己的想法，那麼在上級的心目當中，就會留下「你是一個可以用英文好好溝通的人」的良好印象，對往後的升遷絕對是有益而無害。因此英文文法的加強，我個人認為是相當值得的投資。

　　希望各位讀者在學習英文的路上，都能夠蒸蒸日上，一起加油。

Best regards,

Joseph Chen
喬的英文筆記

Contents
目錄

Part 2 在生活空間活動時會用到的文法

Part 3 表達情緒感受時會用到的文法

Part 4 想敘舊時會用到的文法

Part 5 談論未來時會用到的文法

Part 6 盡情發問時會用到的文法

Part 7 各種「假如」的文法

How to use this book
使用說明

❶ 精選 7 大日常會用到文法的情境，一次囊括各種重要關鍵文法！

❷ 收錄 24 個生活場景融合實用文法，讓英文文法貼近日常生活，讓文法真的能派上用場！

❸ 特聘外籍老師以道地發音錄製對話音檔，一邊聽一邊開口練習，同步提升口說能力！

❹ 生活場景照＋實際對話，刺激大腦進入實際情境，深層記憶文法概念！

❺ 分析對話中出現的文法或句型，整理出最重要的文法概念、句型、慣用表達及單字，實用又全面！

❻ 深入說明各句型的變化及使用訣竅，還告訴你各種可以運用在句型中的慣用表達及單字，讓你可以依據當下情境來簡單替換，讓你的表達更靈活貼切！

❼ 不同情境下該怎麼說、好用的句子、必備單字、使用訣竅與文化背景資訊一次提供！

❽ 最常用到的表達方式及使用方式解說，搭配例句更清楚。

❾ 補充說明使用時要注意的各種小細節及文化背景資訊，養成最道地的英文腦！

❿ 統整性小練習讓你可以立即檢視學習成果，即時找出自己的學習盲區、糾正錯誤觀念！

Part

01

與人交流時
會用到的文法

Dialogue 開始進行對話！

Point 如何禮貌地打招呼與介紹他人

A：Hi! **I am** Joseph. Nice to meet you!

B：What's up? Just call me Mike. And **this is** Amy.

C：Hey Joseph! Nice to meet you. **We are** both from Taipei. Where **are** you **from**?

A：I **was born in** Taipei **and raised in** Los Angeles. My cousin Giselle is joining me soon. Are you free to join us for coffee?

C：I am a huge fan of coffee, but Mike and I have other plans.

B：Let me friend you on Facebook, and we'll get a coffee another day.

|||中文翻譯|||

A： 嗨！我是喬瑟夫。很高興見到你們！

B： 你好嗎？叫我麥克就行了，還有，這位是艾咪。

C： 嘿，喬瑟夫！很高興見到你。我們都是從台北來的。你來自哪裡呢？

A： 我在台北出生、在洛杉磯長大。我表妹吉賽兒快來了。
你們有空和我們一起喝杯咖啡嗎？

C： 我超愛咖啡，但麥克跟我有其他計畫了。

B： 我加你們臉書吧，然後我們改天再約喝咖啡。

對話裡的文法！

> **Point** ・現在式 Be 動詞 （第一／二／三人稱）
> ・英文的句子組成

1. I am Joseph. 我是喬瑟夫。

「我是～」這個自我介紹的表達方式，通常會是學習任何新語言時遇到的第一課，英文中，一個句子最基本的組成就是**主詞＋動詞**。雖然這本書不會使用傳統那些過於複雜的英語文法術語，但「人稱」與對應的「Be 動詞」是所有文法的根基！

	第一人稱	第二人稱	第三人稱
單數	I am... 我是～	You are... 你是～	He/She is... 他／她是～
複數	We are... 我們是～	You are... 你們是～	They are... 他們是～

* 單數人稱的意思就是一個人，複數人稱則是兩個人以上。

2. This is Amy. 這位是艾咪。

在社交場合中，若一群人在進行對話，並想要開始介紹他人給其他人認識時，難以避免的一句話，就是「這位是～」。

如同中文初次見面時會說的：「這位是～」、「他／她是～」，在介紹別人時，不需要使用複雜的文法，只要使用最精簡的句子就可以了。

中文會說：「這位／那位是～。」，英文則是會說 **This/That is＋某人**。「這位，這個」和「那位，那個」所對應的英文是 this 和 that，複數則是 these 和 those。表達「她／他是～」則會說 **She/He is＋某人**。

- **This is Sophie.** 這位是蘇菲。
- **She is Samantha.** 她是莎曼莎。

在工作場合的首次介紹中，通常也會把對方的背景講清楚。

- **This is Joseph, the sales director at Google.**
  這是喬瑟夫，他是谷歌的銷售總監。

- **She is Miranda, the principal engineer at Facebook.**
  她是米蘭達，臉書的首席工程師。

3. We are from Taipei. Where are you from?
我們都是從台北來的。你來自哪裡呢？

這邊要再強調一次，最基本構成英文句子的結構就是**主詞＋動詞**。詢問他人來自哪裡時，有兩種表達方式：

- **Where are you from?** 你是哪裡人？
- **Where do you come from?** 你來自哪裡？

Be 動詞以外的動詞，可以理解為**一般動詞**。而這類動詞所組成的句子，如果要轉變成為問句，則需要藉由**助動詞**的幫助。

助動詞可以理解成是讓動詞的意義更加豐富的一種字彙，助動詞的其中一個作用就是構成一般動詞疑問句。對應上面的兩種疑問句，可以有兩種回答方式：

- **I am from ~.** 我來自～。
  I am from Taiwan. 我是台灣人。

- **I come from ~.** 我來自～。
  I come from Taiwan. 我來自台灣。

在大多數情況下，一個人出生和長大的地方會是相同的。所以這個表達方式基本上在所有情境下都可以使用，值得注意的是，這裡的動詞文法 **be from＝come from**。

這裡可先記住：如果沒有連接詞（如下面所說的 and、but、because 等），在一個英文句子中，**be 動詞與一般動詞通常只會出現其中一種**。

4. I was born and raised in Taipei.
我在台北出生、在洛杉磯長大。

這句話的文法比較複雜一點，在一句話中出現了過去的時間點，還有被動的行為，不過我們在這裡先不深入說太多，因為在後面會有更多篇幅來詳細說明這些相關的文法。

❶ 常用連接詞 and、but 和 because

這裡先解釋一下連接詞的功用，最常見的連接詞會用來**連接詞性相同的詞彙**，例如動詞＋動詞、名詞＋名詞、形容詞＋形容詞，and、but 和 because 是最常見的連接詞：

連接詞	意義	例句
and	和	Joseph **and** Amy are friends.
but	但是	I like him, **but** he does not like me.
because	因為	I like him **because** he is handsome.

❷ be born in＋地方and raised in＋地方

當**出生與成長地不同**時就會用到這個表達方式，意思是「**在某地出生並於某地長大**」，在實際情況中，確實也有不少人出生與成長的地方不同，所以可以把這種表達方式記下來。

如果出生地和成長地都一樣，則可以說 **be born and raised in＋地方**。這個表達方式很常用到，常用到可以直接把它當作片語記下來了。我們在後面的章節裡會更詳細解說這個表達方式裡用到的各種文法，現在先來看看實際上會怎麼用吧！

• **My cousin** was born and raised in **New York.**
  我的表親在紐約出生長大。（**出生地和成長地相同**）

• **Lily** was born in **Japan** and raised in **South Korea.**
  莉莉在日本出生、韓國長大。（**出生地和成長地不同**）

Speak 這個時候可以這樣說！

初次見面打招呼

> **Hi!** 嗨！

「嗨」是想要直截了當與他人打招呼時最常用的招呼語，通常在 Hi 之後，就會開始進行基本的寒暄，也可以替代使用 Hey!（嘿！）。

> **Nice to meet you.** 很高興見到你。

「很高興見到你」是一句**非常標準且打安全牌**的基礎寒暄表達方式。兩個初次見面的人通常會說這句話來破冰，接著再繼續進行對話。

> **How are you doing?** 你過得好嗎？

這句「你過得好嗎？」，就像是中文的「你吃飽了嗎？」，不過，在西方人的邏輯中，**無論你過得好還是壞，通常都會回答「過得還不錯」**：Doing great! 或者 Good.，然後被問的人會再回覆對方同樣的一句 How are you doing?，再快速繼續往下對話。

> **What's up?** 過得好嗎？／你好嗎？

這是英文中非常口語的「過得好嗎？」，**在正式場合中不宜使用**。這種口語化的表達方式只適合用於私下聚會，而且通常是很不正式的場合，而且參加的人員通常都是比較熟識彼此的，也就是說，你通常不會對自己的老闆使用 What's up? 來打招呼。

有禮貌的告別

在初次寒暄之後，會先祝福彼此，再向對方表示期待下次見面並結束對話。下面這四種表達方式都很常見。擇一在想要結束對話時使用即可。

Have a good day. 祝今天順利。
See you later. 之後見。
Talk to you later. 晚點再聊。
I look forward to our next chat. 我很期待下次再和你聊天。

實際用起來的感覺就像下面這樣：

A：That's all from my end. Have a good day.

這就是我這裡所有的狀況了。祝今天順利。

B：You too. Talk to you later.

你也是。晚點再聊。

告別時所說的話，基本上就像聽到 How are you doing?（你過得如何？）一樣，無論心情再差，都會回覆 Doing great!（過得很好！）。

相同道理，無論你是否真的期待與對方進行下一次對話，都還是可以有禮貌的說 I look forward to our next chat!。

Try it 試試看！

1. Where _____ you from? 你來自哪裡呢？

2. _____ _____ Amy. 這位是艾咪。

3. Nice to _____ you. 很高興見到您。

How much is that?
商場購物

P1_Ch2.mp3

Dialogue 開始進行對話！

Point 如何談價錢？如何購物？

A：Can I help you?

B：I am looking for **bags** that are discounted.

A：This **bag** is 20% off at the moment. Most **customers** come here for this one.

B：How much is it? And let me check it out.

A：It's 4,000 NTD. It looks just right on your shoulder!

B：Where can I pay for this, and what **payment methods** do you accept?

A：We accept **cash**, **credit cards**, and **electronic payment methods** such as Apple Pay.

||| 中文翻譯 |||

A： 需要幫忙嗎？

B： 我正在找有打折的包包。

A： 這個包包現在打八折。大部分的客人來這裡都是為了要買它。

B： 多少錢呢？還有讓我試揹看看吧。

A： 它是 4,000 塊錢。它在你的肩膀上看起來超級適合的！

B： 我要去哪裡結帳，還有你們有什麼付款方式可以用？

A： 我們收現金、信用卡，以及像 Apple Pay 之類的電子支付。

1. 複數就是指一個名詞的數量是**兩個以上**的情況，如果一個名詞是可數名詞，那麼這個名詞就會有複數形態。

	單數	複數形
可數名詞	a dog（一隻狗） a bottle（一瓶）	two dogs（兩隻狗） two bottles（兩瓶）

　　下面這邊來向大家簡單介紹一些名詞複數形的變化規則，這些規則雖然簡單又瑣碎，但卻是基礎中的基礎，用錯就會讓別人聽不懂你在說什麼，所以一定要學起來。

❶ 可數名詞的複數規則變化

A. 沒有特殊規則，可**直接加 -s 在字尾**。

- book → books（書）　table → tables（桌子）
  student → students（學生）　cat → cats（貓）

B. 字尾是「-s/ -x/ -z/ -sh/ -ch」，則**加 -es 在字尾，發 [ɪs] 的音**。這是因為這些尾音唸起來跟原本的字尾 -s 的發音太過接近，所以在表達時希望能夠聽起來更明顯，讓人一聽就知道在講的是複數。

- box → boxes（箱子）　dish → dishes（盤子）
  couch → couches（沙發）　class → classes（課程）

C. 字尾是「-f/ -fe」，則**去掉 -f/ -fe 加 -ves**；其實 -f 跟 -v 的差別只在於發無聲還是有聲，這也是為了讓複數形能聽起來更加明顯而存在的規則。

- **elf → elves**（精靈） **thief → thieves**（竊賊）
  knife → knives（小刀）

D. 字尾是「子音＋-y 字尾」，則**去 -y 加 -ies**。

- **strawberry → strawberries**（草莓） **fly → flies**（蒼蠅）
  country → countries（國家）

** 如果字尾是「母音（a, e, i, o, u）＋-y 字尾」，則複數形**可以直接加 -s**；
boy → boys（男孩） toy → toys（玩具） day → days（天）

E. 字尾是 o 時，則會在後面**加上 -s 或 -es**。

- **zoo → zoos**（動物園） **radio → radios**（收音機）
  studio → studios（工作室）
- **tomato → tomatoes**（番茄） **potato → potatoes**（馬鈴薯）

** 也有一些的字後面**加 -s 或 -es 都可以**。
volcano → volcanoes/volcanos（火山）
tornado → tornadoes/tornados（龍捲風）

❷ **可數名詞的複數不規則變化**

這部分確實沒有太多規則可循，得直接把變化方式記起來。下面列出幾個常見的複數不規則變化的例子，一定要記下來。

A. 男人、女人，從 **a → e**

- **man → men**（男人）
  businessman → businessmen（男性商人）
- **woman → women**（女人）
  businesswoman → businesswomen（女性商人）

B.　oo 變 **ee**

- **foot** → **feet**（腳）　**tooth** → **teeth**（牙齒）
  goose → **geese**（鵝）

C.　單複數**同形**

- **deer** → **deer**（鹿）　**species** → **species**（種；種類）
  sheep → **sheep**（綿羊）

D.　**完全**不規則

單數	複數	字義
person	people	人
child	children	小孩
ox	oxen	公牛
bacterium	bacteria	細菌
datum	data	資料
curriculum	curricula	課程
medium	media	媒體
phenomenon	phenomena	現象
criterion	criteria	標準

2. 想要判斷一個名詞到底是可數還是不可數，大致上可以透過能不能用肉眼分出數量的原則來做出判斷。不可數名詞大致上可以分成兩類。

❶ 物質名詞（雖然是實體，但是無法分割成相同確定的相同數量）

- **light**（光）　**sand**（沙）　**water**（水）　**air**（空氣）　**meat**（肉）

❷ 抽象名詞（虛的、概念、沒有實體形象）

- **hope**（希望） **love**（愛） **effort**（努力） **hatred**（憎恨）
  gratitude（感激） **kindness**（善良） **tolerance**（忍耐）

 Speak 這個時候可以這樣說！

詢問價錢

> **How much＋be＋物品...?**
> （某物品）多少錢？

購物時一定要會的句子就是問多少錢，這個句子幾乎每天都用得到，所以一定要學起來。

- **How much is the bag?**
  這個包包多少錢？

可以把 **how much** 理解成一個慣用的疑問句開頭，後面再遵循文法規則地加上動詞和主詞。下面我們一起來看看與詢問價錢相關的慣用表達方式，方便大家在生活中靈活運用。

> **Is this in the sales? = Is this on sale?**
> 這個（商品）現在在特價嗎？

- **There's a discount of 20% on this.** 這個打八折。
- **These jeans are discounted by 20%.** 這條牛仔褲打八折。

大家應該都發現了，**英文和中文在「打折折數」的表達方式上是相反的**。中文所說的「打八折」，意思是「要價是定價的 80%」，但用英文來說的話，就會變成是「省去了 20%」。我們再舉幾個例子：

- **a discount of 30%＝30% off** 打七折
- **a discount of 40%＝40% off** 打六折

- **a discount of 50%＝50% off** 打五折
- **a discount of 60%＝60% off** 打四折

　　說到折數，就想到價錢，那麼要怎麼用英文來形容價錢呢？雖然和價錢相關的英文表達有很多，不過最常用的還是那些，用來和別人討論某項事物很便宜或很貴的表達方式。

> **It's a bargain.**
> 這超划算。

　　照字面來看，這句話是「這簡直是討價還價」，好像有點沒道理，不過其實意思就是「在討價還價之後拿到了一個很划算的價格」。

> **It's cheap.**
> 這很便宜。
> **It's expensive.**
> 這很貴。

　　用來形容價錢感受的單字，最基本的就是 cheap（便宜的）與 expensive（昂貴的），這兩個字是基本中的基本，大家一定要記得。

 購物過程

> **Can I help you?**
> 需要幫忙嗎？

　　通常在客人進到店裡之後，店員就會對顧客說這句話。不過店員也不是機器人，所以也有可能會出現其他更具體的詢問方式。

Are you looking for anything particular?
您有特別要找什麼嗎？

Do you need any help at all?
您需要幫忙嗎？

Do you have this in＋尺寸／顏色?
你們這個有～（尺寸／顏色）的嗎？

* particular (adj.) 特定的

在購買衣服時，常會需要詢問店員某件衣服的某個尺寸或顏色有沒有貨，這個時候只要把自己穿的尺寸或想要的顏色放進上面的這個句型裡，就可以順利詢問店員了。

★ 常見尺寸：

large（大）　　medium（中）　　small（小）
extra large＝XL（特大）　　extra extra large＝2L（特特大）

★ 常見顏色：

blue（藍色）　　black（黑色）　　red（紅）　　maroon（深紅）
beige（米）　　brown（咖）　　navy blue（深藍）　　off white（米白）

如果有貨的話，店員就會簡單回覆後去拿貨，但要是沒貨了，那就可能會聽到下面這種回應方式。

We don't have any of these left in stock.
我們目前沒有貨了。

* in stock 在庫存之中

These clothes are too＋形容詞.
這件衣服太～了。

這句話是用來向店員表達試穿後的感想，常用在句子裡的形容詞有 big（大）、small（小）、tight（緊）、loose（鬆）、long（長）、short（短）等等。

> **It goes well with you. ＝It matches you.**
> 這件跟你很搭。

　　這句話會出現在你試穿的時候，英文裡用來表達「很搭」的說法，有兩個最常用，分別是 **go well with＋人** 和 **match＋人**，可以把它們記下來。

★ 英文裡的商店可以細分成很多種，下面列出最常見的幾種：

boutique：賣流行時裝、配件等商品的小店；精品店
factory outlet：工廠直營的商店
department store：百貨公司
chain store：連鎖店
thrift shop＝thrift store＝charity shop：
義賣商店，也可稱作「慈善商店」，店內通常會販售向大眾募得的二手商品，銷售款項通常會用作慈善目的。

Try it 試試看！

1. _____ _____ is the bag?
那個包包多少錢？

2. _____ I _____ you?
需要幫忙嗎？

3. The bag has a _____ of _____.
這個包包打七折。

Answer：1. How, much　2. Can, help　3. discount, 30%

Chapter 03

I'll have a venti latte.

喝點飲料吧

P1_Ch3.mp3

Dialogue 開始進行對話！

 Point 如何點飲料

A：What would you like today?

B：I'll have **a** venti latte.

A：Do you want sugar with **it**?

B：One pack of sugar, please.

A：For here, or to go?

B：For here.

A：Sure. Please wait a moment.

||| 中文翻譯 |||

A： 今天要點什麼呢？

B： 我要一杯特大杯的拿鐵。

A： 要加糖嗎？

B： 一包糖，謝謝。

A： 內用還是外帶呢？

B： 內用。

A： 好的。請稍等。

> **Point** ・**不定冠詞／定冠詞**
> ・**代名詞**

1. 不定冠詞／定冠詞

在英文中，常用的冠詞有 **a, an, the**。冠詞用得好，聽你說話的人就會更清楚知道，你所說的名詞或數量等是否是指特定的人事物。

冠詞可分為**不定冠詞 a, an** 與**定冠詞 the**。

不定冠詞可以理解成**不是指定的特定名詞**，而是泛指提及名詞的全體，而定冠詞則是用來明確指出所提及名詞中的**特定群體**。

❶ 不定冠詞

不定冠詞 **a/an** 要放在「**不特定之物**」的前面，也就是**沒有指定對象的冠詞**。

a 的後面只能夠用於用子音開頭的名詞，例如 dog、cat、boy 等等，而 an 則用在以母音發音（a、e、i、o、u）或開頭是「母音音節」的名詞，例如 apple、hour 等字。

此外，切記**不定冠詞只可以用於可數名詞**。拿一個很有名的諺語來當例子：

- **An apple a day keeps the doctor away.**
  一天一顆蘋果，醫生遠離我。

apple 因為是**母音開頭**，所以前面的不定冠詞要用 **an**。**day** 則因為是子音開頭，所以要用 **a**。句子裡提到的 **doctor**，因為是指定**醫生中的特定群體**（多吃蘋果可以避免去看的那些醫生），所以前面會使用**定冠詞 the**。

當名詞是複數，而且又沒有指定群體或範圍時，前面就不需要加不定冠詞 a/an 了。

- **Puppies are cute.**
  小狗們很可愛。

如果遇到的是不可數名詞，前面也不需要加任何冠詞。

- **Water is good for your health.**
  水對你的健康有好處。

❷ 定冠詞

定冠詞 **the** 帶有「**指定**」的意義，簡單來講就是**有明確的指稱對象**，所以要放在所提及名詞中特定群體的前面。

- **The coffee you want has been sold out.**
  你想要的那種咖啡已經賣光了。

這裡必須要用 the，因為這裡的咖啡明顯是指定「你想要的那種」，而不是泛指全部的咖啡。

- **The girl is my friend.**
  這個女孩是我的朋友。

這裡明顯一定要用 the 來指定句子裡所提及的女孩，因為如果說 **A** girl is my friend.，那意思就變成「世界上全部的女孩裡的**隨便一個**都是我的朋友」，句意不僅完全錯誤，在邏輯上也說不通了。

2. 代名詞

有想過為什麼需要用代名詞嗎？先來看看下面這個提到狗狗的句子，如果不使用代名詞的話，句子就會變成：

- **I love dogs, and I want to keep a dog!**
  我愛狗，而且我想要養一隻狗！

句子裡的 dog 重複出現，讓這個句子明顯看來冗贅而不精簡，但如果我們在這個句子裡用上了代名詞：

- **I love dogs, and I want to keep one!**
  我愛狗，而且我想要養一隻！

是不是立刻就覺得句子變得簡潔了？

從這裡就可以看出代名詞的功能，也就是**代替句子裡重複出現的「名詞」或「名詞片語」**，避免句子因為一再出現相同的字詞，而變得拖泥帶水。

這裡介紹三種最常見的代名詞：

代名詞	文法細節	例子
單數：one 複數：ones	**沒有任何限定的性質**，純粹替代前面提及的名詞。	I love cats. I want to keep **one**. 我喜歡貓。我想要養一隻。
單數：this/that 複數：these/those	限定的性質**介於 one 與 it** 之間。	The weather in Taiwan is hotter than **that** in Japan. 台灣的天氣比日本的天氣更熱。
單數：he/she/it 複數：they	**非常嚴格的限定**於前面提及的名詞。	I love the dog in the park. **It** is so cute. 我喜歡在公園裡的那隻狗。牠真可愛。

點飲料開口這樣說！

走到飲料店想要點杯飲料時，通常店員或 barista（咖啡師）第一句話會說：

> **What would you like today?**
> ＝**How can I help you?**
> ＝**What can I get for you today?**
> 你今天想要點什麼呢？

這時你該如何回答呢？最常用來表達「我想要的一杯～」的回答方式有三種：

> **I'll have...** ＝**Can I get...** ＝**I'd like...**
> 我想要～

例如你想要點一杯特大杯拿鐵，你就可以說：

> **I'll have a venti latte.**
> ＝**Can I get a venti latte?**
> ＝**I'd like a venti latte.**
> 我想要一杯特大杯拿鐵。

當然這些表達方式不只可以用來點咖啡，想要到手搖飲店去點飲料的時候也可以派上用場。

- **I will have bubble milk tea, please.**
  請給我珍珠奶茶，謝謝。

- **I would like a cup of coffee.**
  我想要一杯咖啡。

- **Can I have a glass of orange juice?**

  可以給我一杯柳橙汁嗎？

> **Can I have a small/medium/large latte?**
> 我可以要一個小杯／中杯／大杯的拿鐵嗎？

在一般咖啡或飲料店裡，想要和店員表示自己要的是什麼 size（尺寸）的咖啡或飲料時，一般都會用 small（小）、medium（中）、large（大）。

不過，如果是在 Starbucks（星巴克）點單，飲料尺寸的說法多來自義大利文，且因為 Starbucks 的普及，現在也越來越多人會使用這些義大利文來表達飲料尺寸。

- **Can I have a tall/grande/venti latte?**

  我可以要一個中／大杯／特大杯的拿鐵嗎？

不過，Starbucks 裡的飲料尺寸所代表的容量和其他一般店家不大一樣，點餐時要特別注意。

- **small＝tall** 中杯
- **medium＝grande** 大杯
  large＝venti 特大杯

★ 許多咖啡的名稱其實都源自義大利文等其他不是英文的語言，所以很多咖啡相關的單字都不太能用英文的邏輯去記，下面是一些常常會用到的咖啡相關單字。

barista：咖啡師
espresso machine：咖啡機
espresso：濃縮咖啡
a shot of espresso：一份小杯裝的濃縮咖啡
latte：拿鐵
foam：奶泡
matcha：抹茶

Americano：美式咖啡（水＋espresso）
black coffee：黑咖啡
cold brew coffee：冰釀咖啡
flat white：白咖啡
cappuccino：卡布奇諾
drip coffee：滴漏式咖啡
red eye：紅眼咖啡（espresso＋drip coffee）
mocha：摩卡咖啡
Irish coffee：愛爾蘭咖啡

★ 在點咖啡時，如果針對糖和奶精或是對咖啡因與牛奶等有特殊需求，需要客製化，這時就必須知道下面的這些說法，才有辦法順利和店員點咖啡。

double-double：糖和奶精都要加兩份
with sugar but no cream：加糖不加奶
with cream but no sugar：加奶不加糖
caffeine：咖啡因
decaf ＝ decaffeinated：去咖啡因的
half-caf：半咖啡因的
rice milk：米奶
almond milk：杏仁奶
regular milk：全脂牛奶
nonfat milk：脫脂牛奶
steamed milk：熱牛奶

實際來用用看這些單字來點杯客製化咖啡吧！

- **I'll have a <u>decaf</u> and <u>almond milk</u> venti latte.**
  我要一杯去咖啡因加杏仁奶的特大杯拿鐵。

- **I'll have a <u>half-caf</u> grande <u>mocha</u>.**
  我要一杯半咖啡因的大杯摩卡咖啡。

- **I'll have a <u>rice milk</u> tall <u>espresso</u>.**
  我要一杯加米奶的中杯濃縮咖啡。

酒吧點酒開口這樣說

　　當然飲料不是只有咖啡或茶這種無酒精的軟性飲料，如果去到酒吧之類的地方，當然就要點些酒精飲料啦！

I want a pint/a glass of wine.
我想要一品脫／杯紅酒。

　　pint 是 12 盎司，glass 則是 20 盎司，1 盎司大概是 30ml 左右。

I'll have a bottle of beer.
我要一瓶啤酒。

　　bottle 指的是**玻璃瓶**裝的那種啤酒，**鋁罐**裝的則是 a **can** of beer，**玻璃杯**裝的則可以用 a **mug/jug** of beer 來表達。

I want a double.
我要雙份的。

　　這是指要**雙份的酒精飲料**，而不只是一份，例如調酒裡原本有一份琴酒，如果要求要雙份的，就會在總容量不變的情況下放入兩份琴酒，當然這杯調酒的酒精度數就會變得更高了。

On the rocks.
加冰塊。

　　rock 在這裡是**冰塊**的意思，如果想要**多加冰塊**，則可以說 _over ice_。

> **Straight up.**
> 不加冰塊也不混其他酒。

　　通常是在點像伏特加之類的烈酒時會用到，就是指不加冰塊和其他香料，直接喝的意思。

> **Would you like another?**
> 你要再點另一杯嗎？

　　一杯酒喝得差不多的時候，就可能會聽到這句話，只要依照自己當下的狀況回答就好。

> **I prefer something light/hard.**
> 我想要喝淡／烈一點的。

　　這裡的 **light** 是指**酒精濃度低**的酒，**hard** 則是那些**酒精濃度高**的烈酒。

Try it 試試看！

1. What _____ you like today?
   你今天要點什麼呢？

2. I'll have a _____ _____.
   我要一杯特大杯拿鐵。

3. Dogs are so cute. I want to get _____.
   狗真的好可愛。我想要養一隻。

Answer：1. would　2. venti, latte　3. one

Chapter 04

That is delicious!
享受美食

P1_Ch4.mp3

Dialogue 開始進行對話！

 Point 評論美食的表達方式

A：Hi! How can I **help** you today?

B：Hi, I'd like to **order** a cheeseburger and a bacon sandwich.

A：Is that to go?

B：Yes, to take out, please.

A：That's everything for today?

(Looks at the menu)

B：The fried chicken **looks** good. I'd like a five-piece set. Umm...could you please **fry** them a little longer to **make** them extra crispy? My daughter really **likes** them crispy.

A：Sure. Your total **comes** to $15. Cash?

B：Yeah, thanks.

‖ **中文翻譯** ‖

A： 嗨！您今天需要什麼呢？

B： 嗨，我想要點一個起司漢堡和培根三明治。

A： 是要外帶嗎？

B： 是的，我要帶走，謝謝。

A： 今天就點這些嗎？

（看菜單）

B： 這些炸雞看起來不錯。我想要五塊餐。嗯……可以請你們幫我炸稍微久一點，讓它們可以更酥一點嗎？我女兒真的很喜歡酥一點的。

A： 沒問題。總共是 15 元。付現嗎？

B： 是的，謝謝

Grammar 對話裡的文法！

 Point　・**一般動詞**　　　　　・**使役動詞**
　　　　　　　・**感官動詞**　　　　　・**第三人稱單數動詞**

　　因為一個句子的組成，基本上**一定要有主詞和動詞**，所以想要學好英文就必須徹底搞懂動詞相關文法。

1. 一般動詞

　　英文與中文文法上最大的不同，在於動詞。在中文裡動詞不會因為第幾人稱、時態（過去、現在、未來時間點），而導致不同的形態變化，但在英文中，**只要用到動詞，就有很多必須要注意的文法**。

　　首先，我們先來看看中文母語者必須要特別注意的幾個在使用動詞時**常犯的錯誤**吧。

❶ 把兩個動詞擺在一起連續使用

　　如果想要在一個句子裡連續使用兩個動詞，必須要把後面出現的那個動詞改成**動名詞（Ving）**，也就是將動詞名詞化，或是**在這兩個動詞之間加上 to**。

I like work with you. (X)
I like **to** work with you. (O) 我喜歡和你一起工作。

I like go jogging every morning. (X)
I like **going** jogging every morning. (O) 我喜歡每天早上去慢跑。

❷ 碰到第三人稱單數沒加 s 或 es

第三人稱就是除了你我之外的那個他，當遇到現在式又是單一個的時候，**後面的動詞應該要加上 s 或 es**。

He write very well. (X)
He write**s** very well. (O) 他寫得非常好。

Mary touch her face. (X)
Mary touch**es** her face. (O) 瑪莉摸了她的臉。

❸ 直接用 not 表示否定

絕大多數的否定句，都不能在動詞前面直接用 not 來表達否定，而必須**透過助動詞來協助表達**。

I not love you. (X)
I **do** not love you. (O) 我不愛你。

2. 感官動詞

英文中的感官動詞又稱為知覺動詞，就是**人類會感受到的五感（視覺、聽覺、嗅覺、感覺、味覺）**，後頭會接主詞正在感受的對象（也就是受詞），整個句子用來描述主詞的感受。

把句子架構整理一下，就會得到：

主詞＋感官動詞＋受詞（主詞所感受的對象）＋原形動詞／Ving.

• **I saw Terry eat a piece of bread.**
  我看到泰瑞吃了一片麵包。

- **I heard May screaming last night.**
  我聽到梅昨晚大叫了。

- **I felt the ground shaking 1 hour ago.**
  我一小時前感覺到地在搖。

在受詞後面要加原形動詞還是 Ving 都可以，但**使用 Ving** 的話，句子會更有「**正在動作、正在進行**」的感覺，也就會更有畫面感。

如果是要表達**某個人事物所帶給主詞的感覺**，則會把帶來感受的人事物當作主詞，後面接用來表達「～看／聽／感覺／聞／吃起來～」的感官動詞，並在動詞之後加上形容感覺的形容詞。

帶來感受的人事物＋感官動詞＋形容詞.

- **The bread smells good.**
  這個麵包聞起來很棒。

- **The girl looks gorgeous.**
  這個女孩看起來超美的。

- **Gina sounds upset.**
  吉娜聽起來很不高興。

常見的感官動詞有下面這些！

視覺	聽覺	感覺	嗅覺	味覺
see 看 watch 觀看 look 注視 notice 注意到	hear 聽到 listen 聆聽 sound 聽起來	feel 感覺	smell 聞到；聞起來	taste 吃起來

3. 使役動詞

英文中的**使役動詞是用來「請求／要求某人做某事」時所使用的動詞**，而不同的使役動詞，在強制程度及語氣上也不盡相同，使用時要特別注意。

一般來說，使役動詞用起來就像下面這樣：

主詞	使役動詞	受詞	後接動詞形態
主詞 （She/ He/ You/ I, etc.）	have/make/let（使／讓）	受詞 （him/her/ them, etc.）	**原形動詞**
	allow（允許） ask（要求；請求） encourage（鼓勵去做） need（需要；必須去做） permit（允許） require（要求） want（希望）		to＋**原形動詞**
	help（幫助）		(to)＋**原形動詞**

CH.
04

- **My dad had my sister wash the dishes.**
  我爸爸讓我姊姊去洗碗。

- **My mom made my brother do the laundry.**
  我媽媽要我弟弟去洗衣服。

- **My brother let my sister play the game.**
  我哥哥讓我妹妹去玩遊戲。

- **Cliff allowed his girlfriend to drive.**
  克里夫讓他女友開車。

　　從文法角度下去看，使役動詞不是什麼需要特別提出來講的複雜文法，但從實際應用的角度出發，就會發現使役動詞的使用頻率相當高，所以這是一定要理解的動詞相關重點概念。

4. 第三人稱單數動詞

　　所謂的第三人稱，就是除了你（you）和我（I）之外的**他（he）／她（she）／牠或它（it）／人名或專有名詞**，只要是單數，在遇到現在式的時候，後面的動詞必須做出相對應的變化。

一般而言，第三人稱單數的變化規則可彙整如下：

字尾 ＋-s	o, s, x, ch, sh 字尾 ＋-es	子音＋y 字尾去 y＋-ies	母音＋y 字尾＋-s
dance → dances	do → does	try → tries	say → says
paint → paints	fix → fixes	cry → cries	play → plays
listen → listens	miss → misses	fly → flies	enjoy → enjoys
drink → drinks	catch → catches	carry → carries	slay → slays
sleep → sleeps	wash → washes	study → studies	pray → prays

另外，最常見的第三人稱單數動詞的不規則變化就是 have → **has**。

Speak 這個時候可以這樣說！

 評論美食

我們在生活中常常會和別人討論到食物，所以知道要怎麼和別人聊食物相關的話題就特別重要了。

How does it taste?
這吃起來怎麼樣？
How do you like＋食物?
你覺得（食物）怎麼樣？

這兩句是最常聽到用來表達「（某樣食物）好吃嗎？」、「你喜歡（某樣食物）嗎？」的詢問方式。

> **It's too bland/strong/spicy/bitter/sweet.**
> 它太沒味道／味道太重／太辣／太苦／太甜了。
> **It tastes great/awful.**
> 很好吃／很難吃。

在 too 和 taste 的後面可以加上**各種形容詞**，用來描述自己吃起來的感覺如何。

下面是一些很常用來描述食物好不好吃的表達方式。

★ 好吃

　　tasty：美味好吃的

　　mouth-watering：從字面上來看就知道是「讓人流口水的」，也就是非
　　　　　　　　　　常好吃的意思

　　yummy：好吃的

　　delicious：比 tasty 程度更強烈的好吃

　　flavorful：很有風味的好吃

　　appetizing：appetizer 是「開胃菜」，appetite 則是「胃口」，所以
　　　　　　　　appetizing 就是「讓人胃口大開的」

　　delectable：和 delicious 的程度一樣強烈

★ 不好吃的

　　tasteless：因為沒有味道而難吃

　　nasty：做的很糟糕而難吃

　　sour：這個字是「酸的」，也就是因為不新鮮而難吃

　　inedible：因為有毒或燒焦了等等的原因而不能吃的

不過，通常我們在表示不好吃的時候可以用委婉一點說法，不需要這麼直接。

★ 委婉表達「不好吃的」

　　It doesn't taste that good, but it's okay.：這沒有那麼好吃，不過還可以
　　　　　　　　　　　　　　　　　　　　　　　啦。

　　I am allergic to....：用「我對～過敏。」當作藉口來避免要繼續吃。

　　I am good.：通常是吃了一口後，覺得難吃就會和對方說這句話，表示
　　　　　　　　「我不用了，謝謝。」

討論飲食習慣

在和別人吃飯或聊天的時候，常常都會講到彼此的飲食習慣，這樣一來不只能增進彼此的了解，也可以避開彼此的地雷，所以一定要學會表達的方法。

I'm a vegetarian/vegan.
我吃素／全素。

現在有越來越多人為了各種原因而吃素，英文中的 **vegetarian** 可以理解成中文講的「**蛋奶素**」，也就是單純不吃肉類，而 **vegan** 則是連蛋奶都完全不吃的**全素**。

I'm doing a low-carb diet.
我正在減醣。

近年來很流行減醣飲食，也就是減少攝取精緻澱粉，提高蛋白質和蔬菜占比的飲食法。

I'm trying to lose weight/body fat.
我在減肥／脂。

lose weight 就是「減肥」的意思，而 lose body fat 則是「降低體脂肪」的表達方式。

I'm trying to have a balanced diet.
我想要吃均衡一點。

balanced diet（均衡飲食）也可以說 healthy diet（健康飲食），就是具備均衡的營養、健康的飲食法。

> **I eat... a lot.**
> 我吃很多～。

　　這句話可以用來表示自己常常吃某樣食物，eat 後面可以放各種食物例如：fast food（速食）、home-cooked meal（家常料理）、one-pot meal（一鍋煮料理）、dessert（甜點）、snack（零食）。

> **I have a sweet tooth.**
> 我很愛吃甜食。

　　have a sweet tooth 就是指一個人非常喜歡有甜味的食物，通常是指甜點，這是很常用的表達方式。

> **I like fried/grilled/steamed food.**
> 我喜歡炸的／烤的／蒸的食物。

　　可以直接把烹調方式加在 like 的後面來表達自己的偏好。

Try it 試試看！

1. I _____ Marry _____ in the park.
   我看到了瑪莉在公園裡跳舞。

2. She _____ playing games.
   她愛玩遊戲。

3. My dad _____ me drive.
   我爸爸讓我開車。

Answer：1. saw, ance/dancing 2. loves 3. let

Wanna go surfing?

與朋友一起出去玩

P1_Ch5.mp3

 Dialogue 開始進行對話！

▶ **Point** 如何邀約朋友參加活動

A：Hey Sylvain! Are you **doing** anything later?

B：Well, I **do**n't have any plans yet.

A：Wanna grab some lunch and go **surfing** with me later?

B：Sounds good to me.

A：Great! I am still **working** right now. **Do** you want to meet me at Molly's Café in an hour?

B：Sure. See you later.

||| **中文翻譯** |||

A： 嘿，希爾凡。妳等一下有要做什麼嗎？

B： 這個嘛，我還沒有什麼計畫。

A： 妳等等想跟我吃個午餐，然後一起去衝浪嗎？

B： 聽起來不錯。

A： 太棒了！我現在還在工作。妳想要一個小時後在茉莉咖啡廳見嗎？

B： 好啊。等等見。

Grammar 對話裡的文法！

> **Point**　· 進行式動詞（Ving）
> · 助動詞（do/does）

1. 進行式動詞（Ving）

這裡講的「進行式」，就是指在時間軸上，表示**一個行為或狀態正在持續進行**時所使用的表達方法，也就是用來表達「正在發生的事」時會用到的文法。

在使用進行式時，**動詞必須要改成 -ing 字尾的形態（Ving）**，且會因為動詞字尾的不同而有不同的變化方式。

這邊列出最常見的 Ving 變化規則：

無特殊規則， 直接加 **-ing**	字尾 **-e** 不發音， 去 **-e** 加 **-ing**	短母音＋子音， 重複字尾加 **-ing**
learn → lear**ning** read → rea**ding** wait → wai**ting**	ride → ri**ding** dance → dan**cing** drive → dri**ving**	cut → cu**tting** run → ru**nning** stopping → stopp**ing**

前面提到了時間軸，就可以知道不管時間點是過去、現在還是未來，都可以使用進行式來表達「**正在持續進行的一個動作或狀態**」。

必須要特別注意的是，只有那些**有實際動作的動詞**，像 talk（說話）、stand（站立）、jog（慢跑）等動詞**才可以用進行式**，像 know（知道）、understand（理解）這種本來就是用來表示狀態的動詞，就不能用進行式。

這裡要特別講解的是進行式裡的現在時間點，也就是**現在進行式**。

一般來說，現在進行式的句子結構是：

主詞＋Be 動詞[am/are/is]＋Ving

- **She dances.**

  她會跳舞。（**意指跳舞是她平常就常做的事**）

  → **She is** dancing.

    她正在跳舞。

    （**意指不知道她平常會不會跳舞，但此時此刻她正在跳舞**）

現在進行式不只可以表達正在進行某個動作或維持某個狀態，也可以表達**即將發生的動作**或**有極高機率會去做的預定計畫**。

例如上面對話裡的：

- **Are you** doing **anything later?**

  妳等一下有要做什麼嗎？

這裡詢問的就是即將要進行的計畫，而不是在講某個正在進行的動作或狀態。再舉幾個例子：

- **I'm going to the party tomorrow.**

  我明天要去那個派對。

- **She's bringing her dog to a vet.**

  她會帶她的狗去看獸醫。

- **Lisa is filing a complaint against her company.**

  麗莎打算要申訴她的公司。

如果要想要把句子改成疑問句，只要**把 Be 動詞改放在句首**就可以了：

Be 動詞〔 am/are/is 〕＋主詞＋Ving?

- **She is dancing.**

  她正在跳舞。

  → Is **she dancing?**

    她正在跳舞嗎？

除了 Be 動詞，現在進行式也常常會和 what, where, who 等開頭的**疑問詞疑問句**一起使用：

- **What are you doing?**
  你正在做什麼？

- **Who is she playing with?**
  她正在跟誰玩？

- **Where is Tom playing piano now?**
  湯姆現在正在哪裡彈鋼琴？

2. 助動詞（do/does）

　　與第一和第二人稱搭配使用的助動詞 do，以及和第三人稱搭配使用的 does，本身對於句子的語義不會造成影響，它存在的目的在於**幫助後面出現的動詞表現出時態（過去式 did）、加強語氣、否定或疑問等意義**，也可用來**替代在同一句子裡再次出現的動詞**，讓句子更簡潔。

構成	解說	例句
疑問句	把助動詞 do/does 放在句首，就可以構成疑問句，當助動詞出現時，句中的其他動詞**必須用原形**。	**Do** you like dogs? 你喜歡狗嗎？ **Does** Alan work in media? 艾倫在媒體業工作嗎？
否定句	助動詞 do/does 與 **not** 搭配就可以構成**否定句**，其中 do not 常縮寫成 don't，does not 則可縮寫成 doesn't。	I **don't**（＝do not）want to go with him. 我不想和他一起去。 She **doesn't**（＝does not）drink milk. 她不喝牛奶。
加強語氣	在普通的句子裡加進**助動詞 do/does/did**，就可以表達出「**強調**」的語氣，特別要注意的是，**句子裡的其他動詞必須用原形**。	I **do** believe you. 我真的相信你。 Rosy **did** write the letter. 蘿希真的寫了那封信。
替代前面出現過的動詞	在同一個句子裡，如果**兩個主詞使用的動詞相同**，可以用助動詞替代後面出現的動詞。	Melissa runs faster than Ted **runs**. ＝Melissa runs faster than Ted **does**. 梅麗莎跑得比泰德快。

提議&邀約

　　對朋友提出邀約，或是提議對方和自己一起去做某件事的情境，在生活中真的很常出現，所以英文中可以用來提議及邀約的表達方式也非常多，下面我選出了幾種最常用的英文說法，學會這些就能輕鬆開口約人了。

> **Come to ... with me!**
> 跟我一起去～（活動）吧！

　　這個句子直接用動詞開頭，所以**帶有一點強制的感覺**，語氣也比較強烈，所以**建議只用在和自己比較熟的人身上**。

- **Come to a movie with me!**
  跟我一起去看電影吧！

- **Come to a concert with me!**
  跟我一起去音樂會吧！

> **Wanna grab...?**
> 想要吃或喝（食物／飲料）嗎？

　　這是**非常口語**的表達方式。**grab** 原本的意思是「抓取」，不過在這裡是「**快速簡單地吃或喝**」的意思，所以 grab 之後通常都會接和食物或飲料有關的單字。另外，必須要特別注意的是，**wanna 其實就是口語說法的 want to**，但這麼口語的表達方式，並**不適合用在正式場合之中**，所以這種表達方式請在輕鬆隨意的場合使用。

- **Wanna grab a cup of coffee?**
  想要喝杯咖啡嗎？

- **Wanna grab** some lunch later?

  等等想吃點午餐嗎？

Why don't we...?
我們要不要～？

　　Why don't... 這個表達方式**比較委婉**，所以語氣比較溫和，不會讓人覺得有被強迫的感覺。

- **Why don't we** take a vacation next week?

  我們下週要不要休個假？

- **Why don't we** have coffee tomorrow?

  我們明天要不要一起喝個咖啡？

We should get together sometime!
我們應該要找個時間聚聚！

　　這句話乍看之下就是一句普通的邀約，但其實這句話的意思就像是台灣人常說的「下次一定要找時間約！」，其實是一句**跟對方示好、表示自己覺得對方這個人不錯的客套話**。

　　這句話通常會在對話的最後出現，用來結束對話，而**不是真的有邀約的意圖**，所以除非對方真的提到具體的時間地點，不然只需要當成是善意的客套話就好。

- **We haven't seen each other for ages! We should get together sometime!**

  我們好久沒見了！我們應該要找個時間聚聚！

Do you want to...? ＝Do you wanna...?
你想要～嗎？

這是最常用的表達方式，口語上可以把 want to 改說成 **wanna**，但若對方和自己不熟或是在比較正式的場合，那麼還是用 want to 比較好。

- **Do you want to/wanna see a movie?**

  你想要看電影嗎？

- **Do you want to/wanna go shopping?**

  你想要購物嗎？

Do you want to/wanna come to...?
你想要來～嗎？

在 to 後面接的活動，通常會是**自己可以掌握、具有邀約決定權**的活動，例如約對方到自己家，或是約對方去自己或是很熟的朋友所主辦的各種活動。

- **Do you want to come to my house later?**

  你等等想要來我家嗎？

- **Do you want to come to my friend's birthday party?**

  你想要去我朋友的生日派對嗎？

How about we...?
我們不如～吧？

這個表達方式和 Why don't we...? 一樣，都是**比較委婉、口氣溫和**的提議方式，不容易讓對方感到壓力。

- **How about we see a movie later?**

  我們等等不如來看個電影吧？

- **How about we have a picnic?**

  我們不如去野餐吧？

詢問對方是否有計畫

除了提議和邀約之外，為了敲定彼此都方便的時間與地點，確認對方是否另有安排也是很重要的一件事。

> **Are you free...?**
> 你有空～嗎？

free 除了表示「免費的」，也有「**有空的**」、「**有閒暇的**」的意思，這句話可以用來確認對方在特定時間點是否有空閒可以去做某事。

- **Are you free tonight?**
  你今晚有空嗎？

- **Are you free for dinner tomorrow night?**
  你明天晚上有空吃晚餐嗎？

> **Are you doing anything＋時間點?**
> 你～（在某時間點）有要做什麼嗎？

當想要先**委婉打聽**對方在某個時間點是否有空，且可以答應自己的提議或邀請時，就會用到這個表達方式，如果對方表示自己有空，就可以繼續向對方提出邀約。

- **Are you doing anything after work?**
  你下班後有要做什麼嗎？

- **Are you doing anything tomorrow?**
  你明天有要做什麼嗎？

What are you up to＋時間點？

你～（在某時間點）有什麼計畫嗎？

　　這句話也是用來確認對方**在特定時間點是否有空**的表達方式，不過這種表達方式**相當口語，在比較正式的場合中不適合使用**。

- **What are you up to this weekend?**

  你這週末有什麼計畫嗎？

- **What are you up to on Friday night?**

  你週五晚上有什麼計畫嗎？

Try it 試試看！

1. _____ you _____ later?

   你等等有空嗎？

2. Do you _____ to come to my party?

   你想要來我的派對嗎？

3. She _____ _____.

   她正在畫畫。

Answer：1. Are, free　2. want　3. is, drawing

Chapter 06

It's a bit late. I gotta go!

告別一場聚會

P1_Ch6.mp3

Dialogue 開始進行對話！

▶ **Point** 如何禮貌告別一場聚會

A： This party is amazing! I **am honored** to **be invited**.

B： It's my pleasure to have you here as well.

A： Oh, it's a bit late already. I gotta go.

B： Enjoy the rest of your day!

A： Catch you later!

||| **中文翻譯** |||

A： 這場派對超棒！我很榮幸受邀。

B： 我也很高興你能來。

A： 噢，已經有點晚了。我必須走了。

B： 祝你有愉快的一天！（祝你能夠享受今天剩下的時間）

A： 之後再見！

Grammar 對話裡的文法！--

Point ・被動式

1. 被動式的基本結構

你知道什麼是「被動式」嗎？我們一起透過下面的例句來看看吧！

• **Joseph** wrote **the book.** 喬瑟夫寫了這本書。

→ 喬瑟夫這個人「**主動去做寫的動作**」，
書則是「**被動接受寫的動作**」。

來改寫一下：

• **The book** was written by **Joseph.** 這本書是被喬瑟夫寫的。

→ 書「**接受了寫的動作**」，
「**by＋動作者**」點出提供「寫的動作」的是誰。

就像中文一樣，意思相同的一句話，除了可以從主動去做的行為者（**主詞**）的角度出發，當然也可以從接受動作的對象（**受詞**）的角度來寫，所以我們可以把被動式理解成「換一個角度來看同一件事」，雖然兩個表達方式不同，但句意不會改變。

仔細看看上面的例句，就可以看出主動句變被動句的規則：

Step 1. **對調**主詞與受詞（Joseph → The book）
Step 2. 把句子裡的動詞改成「**Be 動詞＋過去分詞（Vpp）**」
Step 3. 利用「**by＋動作者**」來說明句中所做的動作究竟是由誰去做的

整理一下，被動式的句子結構就是：

主詞＋動詞＋受詞
＝主詞（原受詞）＋Be 動詞＋過去分詞＋by＋動作者（原主詞）

- **I** am invited **by him.**
  我被他邀請了。

- **They** are called "**terminators**" **by the locals.**
  他們被當地人稱為「終結者」。

- **The land** is owned **by Joseph.**
  這塊地是被喬瑟夫所擁有的。

2. 一定要會的動詞三態變化

句子裡面一定會有的動詞，會隨著動作發生的時間不同，而會有著**原形、過去式（Ved）和過去分詞（Vpp）這三種不同的形態**。

英文文法裡有著**時態**的概念，也就是**描述的事件或動作所發生的時間點是在現在、未來還是過去**，而當某行為是在過去的時間裡完成時，就要將原形動詞改成過去式動詞，這部分會在之後的章節裡詳細說明，現在就先來看看例句吧。

- **I** swam **yesterday.**
  我昨天游泳了。

- **These girls** arrived **here yesterday.**
  這些女孩昨天到達了這裡。

- **The baby** cried **last night.**
  這嬰兒昨晚哭了。

過去分詞就像是被動式的連體嬰，一般來說，**過去分詞會具有「被動」或「完成」的意味**，而被動式的句子裡必須使用過去分詞，動詞想要變化成過去分詞時，多半會在**動詞的字尾加上 -ed**，如果是 **e 結尾的動詞，則會補上一個 d 做結尾**，但除了按照這兩個規則變化的動詞以外，還有很多動詞都有著不同的變化規則。

這裡我把最常用到的幾個不規則變化的單字整理了出來，此外，一般在記的時候會連過去式形態一併記住，所以下面的表格都包含了原形、過去式和過去分詞，如果能把這些常用單字的變化方式都記下來，溝通時就更不容易發生誤解了。

A. 三態**皆相同**

中文字義	原形動詞	過去式	過去分詞
切；割	cut	cut	cut
花費	cost	cost	cost
撞擊；打擊	hit	hit	hit
受傷；傷害	hurt	hurt	hurt
讓	let	let	let
閱讀	read	read	read
設置；放置	set	set	set
關，閉	shut	shut	shut
擴散	spread	spread	spread
廣播	broadcast	broadcast	broadcast
放；擺	put	put	put
離職；戒除	quit	quit	quit

B. **原形**動詞與過去分詞相同

中文字義	原形動詞	過去式	過去分詞
變成	become	became	become
前來	come	came	come
跑；經營	run	ran	run

C. **過去式**與過去分詞相同

中文字義	原形動詞	過去式	過去分詞
說	say	said	said
付費	pay	paid	paid
販賣	sell	sold	sold
告訴	tell	told	told
接住；抓住	catch	caught	caught

教導	teach	taught	taught
購買	buy	bought	bought
尋找；搜索	seek	sought	sought
攜帶；帶來	bring	bought	bought
想；思考	think	thought	thought
打架；爭吵	fight	fought	fought
擁有	have	had	had
聽見	hear	heard	heard
製作；使～成為	make	made	made
建築；建立	build	built	built
借出	lend	lent	lent
失去；輸去	lose	lost	lost
打擊；侵襲	strike	struck	struck

D. 三態都不相同

• **i-a-u** 變化

中文字義	原形動詞	過去式	過去分詞
開始	begin	began	begun
喝；喝酒	drink	drank	drunk
響鈴	ring	rang	rung
唱歌	sing	sang	sung
沒入；下沉	sink	sank	sunk
游泳	swim	swam	swum

• 字尾變化 **ear - ore - orn**

中文字義	原形動詞	過去式	過去分詞
承受；出生	bear	bore	born
撕裂	tear	tore	torn

穿戴	wear	wore	worn
發誓	swear	swore	sworn

• 過去式以 **-ew** 結尾、過去分詞以 **-wn** 結尾

中文字義	原形動詞	過去式	過去分詞
吹	blow	blew	blown
畫	draw	drew	drown
飛	fly	flew	flown
成長	grow	grew	grown
知道；認識	know	knew	known
丟；投擲	throw	threw	thrown
撤回；提領	withdraw	withdrew	withdrawn

• 過去分詞以 **-en** 結尾

中文字義	原形動詞	過去式	過去分詞
打破	break	broke	broken
吃	eat	ate	eaten
選擇	choose	chose	chosen
給	give	gave	given
看	see	saw	seen
掉落	fall	fell	fallen
忘記	forget	forgot	forgotten
升起	rise	rose	risen
搖動	shake	shook	shaken
偷竊	steal	stole	stolen
咬	bite	bit	bitten
駕駛；迫使	drive	drove	driven
隱藏，躲藏	hide	hid	hidden

搭乘；騎乘	ride	rode	ridden
拿取	take	took	taken
撰寫	write	wrote	written
醒來	wake	woke	waken
凍結	freeze	froze	frozen
喚醒	awake	awoke	awaken

3. 被動式會因為時態的不同，而變換相對應的 Be 動詞

主詞	現在式 Be 動詞 is/am/are	過去分詞
	過去式 Be 動詞 was/were	
	未來式 Be 動詞 will be is/am/are going to be	
	現在完成式 Be 動詞 has/have been	
	過去完成式 Be 動詞 had been	

　　這樣只看表格實在沒什麼意義，我們一起來造句，看看在不同時態下的被動態，用起來會是什麼樣的感覺，請特別注意句意會有什麼樣的變化。

① 現在式被動語態：主詞＋**is/am/are**＋過去分詞

- **The boy is called "the troublemaker".**
  那位男孩被稱為麻煩製造機。〔**經常被這樣稱呼**〕

② 過去式被動語態：主詞＋**was/were**＋過去分詞

- **The land was ruled by Joseph.**
  那塊土地過去是被喬瑟夫所統治。〔**現在已經不是了**〕

③ 未來式被動語態：主詞＋**will be**＋過去分詞
　　＝主詞＋**is/am/are going to be**＋過去分詞

- I hope I will be accepted by my dream school.
  ＝I hope I am going to be accepted by my dream school.
  我希望我會被我夢想中的學校接受。〔在未來有可能會發生這件事〕

④ 現在完成式被動語態：主詞＋**has/have been**＋過去分詞

- The agreement has been concluded.
  這個協議已完成。〔協議的完成對現在會造成影響〕

⑤ 過去完成式被動語態：主詞＋**had been**＋過去分詞

- The historic site had been destroyed before the 20th century.
  那個歷史遺跡在 20 世紀之前就已經被摧毀了。
  〔遠在過去時間點的 20 世紀之前就已經發生了〕

⑥ 未來完成式被動語態：主詞＋**will have been**＋過去分詞

- The project will have been done when you come back tomorrow.
  這個專案在你明天回來的時候就會完成了。〔在未來時間點會完成〕

⑦ 現在進行式被動語態：主詞＋**is/am/are** being＋過去分詞

- My laptop is being fixed by Joseph now.
  我的筆電正在被喬瑟夫修。〔在當下時間點正在被修〕

⑧ 過去進行式被動語態：主詞＋**was/were** being＋過去分詞

- I was being insulted when you entered the room.
  之前你進來房間的時候，我正在被羞辱。〔在過去時間點上正在發生〕

　　有沒有發現隨著時態的變換，雖然都是被動態，構成的語意卻會有很大的不同呢？這部分在之後講解各種時態的時候，會更仔細地說明，到時候也可以再翻回來看看這裡的例句，就會更有感覺了。

Speak 這個時候可以這樣說！

英文中可以用來道別的表達方式有很多，有些不論場合和對象都可以用，有些卻因為語氣過於輕鬆或親近，而只能用在非正式的場合，或是非常熟識的對象身上，下面我整理了一些非常常用的道別方式，一起來看看吧！

正式或非正式場合皆可使用

Goodbye. ＝Bye. 掰掰。

這是最常用的道別方式，不論對象或場合都可以使用。

See you. ＝See you later. 晚點見。
Catch you later. 之後再見。

在**預計未來和對方有可能會再次相見的情況**下，就會用到這句，這裡的 **later 不是具體的時間**，有可能真的是早上道別晚上見，但也有可能是隔了好幾個月才再度見面。

Have a good day. ＝Have a nice day. ＝Have a good one.
祝你有美好的一天。
Enjoy the rest of your day.
祝你有愉快的一天！（祝你能夠享受今天剩下的時間）

這個表達方式是祝福對方，在和自己道別之後的時間裡，都能夠過得愉快，**不論和道別的對象親近與否，都可以用**上這個表達方式。

> **Keep in touch.** 保持聯絡。

在**希望與對方保持聯絡時**，就可以用這句話和對方道別。

📢 只能用在輕鬆／非正式場合

> **I gotta go. ＝I gotta jet. ＝I gotta run.**
> 我得走了。

值得注意的是，I gotta go. 也有「**我要去上廁所**」的隱含意義，所以在說的時候要特別注意自己的語氣，避免別人誤解。

> **Be good. ＝Stay out of trouble.** 要乖乖的喔。

這句話是開玩笑地要對方當個乖寶寶、不要在自己不在的時候做壞事。這種表達方式**只能用在和自己非常熟識的朋友身上**，如果對著長輩或長官或是在工作場合上使用，是很不禮貌的。

> **Peace. ＝Peace out.** 掰啦。

這個表達方式有點嬉皮感，**只能對很親密的朋友使用**。

Try it 試試看！

1. I was _____. 我之前被邀請了。

2. Have a _____ day. 祝你有美好的一天。

3. Keep _____ _____. 保持聯絡。

Answer：1. invited　2. nice　3. in, touch

Part

02 在生活空間
活動時會用到的文法

Dialogue 開始進行對話！

 Point 如何請求他人幫忙尋找物品

A：Hey Joseph! **Where** is my book?

B：I don't know. Isn't it **in** your backpack? Or, have you looked **in** your suitcase?

A：I can't find it anywhere.

B：I think you should go **to** the Lost-and-Found. Maybe you lost it **on** your way here.

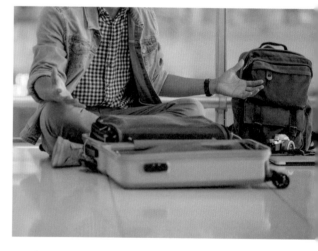

A：True. Maybe I misplaced it somewhere while I was waiting **for** you. See you later.

||| 中文翻譯 |||

A： 嘿，喬瑟夫！我的書在哪裡？

B： 我不知道。你的背包裡沒有嗎？對了，你看過你的行李箱了嗎？

A： 我到處都找不到。

B： 我想你應該去失物招領處。也許你在來這裡的路上掉了。

A： 是啊。也許我在等你的時候把它亂放到什麼地方了。等等見。

Grammar 對話裡的文法！

> **Point**　・**Where** 的用法
> ・介系詞（on/in/at...）

　　where 是用來**詢問某人事物在哪裡**或是**某個動作或事件在哪裡發生**的疑問詞，在生活中很常用到 where，所以英文裡與 where 相關的表達方式也很多，這裡我整理了四個最常見的 where 用法，一起來看看吧。

1. Where＋Be 動詞＋名詞…? ～在哪裡？

　　這個句型是最常用到的 where 基本句型，詢問的是**某個人事物的所在地點**，雖然看起來很簡單，但要特別注意句中的 Be 動詞，因為**隨著後面名詞的單複數、人稱及時態的不同，Be 動詞也必須隨之改變。**

- **Where is my dad?**
  我的爸爸在哪裡？〔後面的名詞是第三人稱單數現在式，Be 動詞用 is〕

- **Where are my parents from?**
  我的父母來自於哪裡？〔後面的名詞是第三人稱複數現在式，Be 動詞用 are〕

- **Where were you last night?**
  你昨晚在哪裡？〔後面的名詞是第二人稱單數過去式，Be 動詞用 were〕

2. Where＋助動詞＋主詞＋動作...? 在哪裡做了～？

　　和上面「Where＋Be 動詞＋名詞…?」不同，「Where＋助動詞＋主詞＋動作...?」詢問的是**某個動作是在哪裡進行的**，或是**詢問事件發生的特定地點**，在使用這個句型時，也必須特別注意有沒有用對助動詞，因為**助動詞必須要隨著後面接的主詞單複數、人稱、以及時態做變化**，文法上才會正確。

- **Where does the festival be held every year?**
  這個節每年都辦在哪裡？〔後面的主詞是第三人稱單數現在式，助動詞用 does〕

- **Where do you come from?**
  你來自於哪裡？〔後面的主詞是第二人稱單數現在式，助動詞用 do〕

- **Where did you dance yesterday?**
  你昨天在哪裡跳舞？〔後面的主詞是第二人稱單數過去式，助動詞用 did〕

3. 用 where 在句子裡補充說明

where 不只能用來問問題，也能用在句子裡面**和 to 及原形動詞一起變成句中的補充說明**，這種補充說明的表達方式其實就是文法專有名詞所說的「補語」，補語的存在意義，就是用來**補充說明與主詞和受詞有關的資訊，讓句意變得完整**。

「**where to＋原形動詞**」就是一個非常常見、可以當作補充說明的表達方式，在意思上可以理解成「**～的地方**」，例如 where to drink（去喝酒的地方）、where to sing（去唱歌的地方）、where to hide（躲起來的地方）、where to study（去讀書的地方），這種用法通常都是用來**補充主詞的資訊**，用專有名詞來說就是主詞補語。

- **She doesn't know** where to go.
  她不知道她可以去哪裡。

雖然原本的 She doesn't know 已經是個完整的句子（主詞 She、表達否定的助動詞 doesn't 及動詞 know），但句意卻只說了「她不知道」，所以這時就需要用 where to go（去的地方）來補充原本不完整的句意，這裡的 **where** to go 其實就是 **the place** she can go 的意思。

再來看一個例句：

- **Martin knows** where to find his cats.
  馬丁知道可以找到他的貓的地方。

光看 Martin knows（馬丁知道）無法得知馬丁知道了什麼，所以就需要後面的 where to find his cats（可以找到他的貓的地方）來提供更多資訊，這裡的 **where** to find his cats 就是 **the place** he can find his cats 的意思。

4. where 的關係副詞用法

除了上面的三種用法，把 where 當成關係副詞來用的情況也很多，這裡簡單說明一下關係副詞是什麼。

關係副詞**可以把一個獨立的句子，和另一個用來提供更多資訊的句子連接起來**，也能簡單理解成這是一種**補充說明的用法**，但因為又有連接詞的功能，所以也可以把關係副詞視為是「**連接詞＋副詞**」。

where 在當關係副詞時，**前面會先出現「地點」**，而 where 就是用來**形容前面出現的地點**，意思是「**～的地方**」。

- **This is the restaurant** where（＝in which）**we met last time.**
  這是我們上次見面的餐廳。

where 的後面接了 we met last time，構成一個為前面出現的 the restaurant 提供了更多資訊的關係副詞子句，補充說明「這間餐廳是我們上次見面的那間」。特別要注意的是，這裡的 where 其實可以改成「**地方介系詞（in/at/on/...）＋which**」，不過**這裡的地方介系詞只能放在 which 之前**，不能放在後面。

- **It is the park** where（＝in which）**you walked your dog last night.** 這是你昨晚遛狗的公園。

上面這句也是一樣，It is the park 已經是個完整的句子了，這時若想要形容這是個什麼樣的公園，就可以用上扮演關係副詞的 where，再加上句子 you walked your dog last night 來形容公園，讓看到或聽到這個句子的人知道，說話的人在說的公園是自己昨晚遛狗的公園。

5. 介系詞

介系詞（preposition）可以用來傳達**人事物之間的方位、相對位置、屬性、因果、方式等各種不同的關係**，介系詞的後面只能接**名詞**或**名詞化後的動詞**（也就是**動名詞 Ving**），不過最常看到的還是名詞或代名詞，透過不同意義的介系詞，我們就能輕鬆將句子裡出現的各種名詞之間的關係清楚表達出來。

常見的介系詞主要可以分為「**時間介系詞**」、「**地方介系詞**」及「**方向介系詞**」。

❶ 時間介系詞

A. **in＋某個時間**：在～

in 後面可以**接一段時間**，例如分鐘、週、月或某個月份、季節等時間段，用來**表達在到這些時間的時候，就會發生某事**。

- **The festival is held in November every year.**
  這個節慶每年都辦在十一月。
  〔**到每年十一月的時候，節慶就會舉辦。**〕

不過，若句子是**未來式**，那 in 就可以看成是「**在～之後**」的意思。

- **Jason will bring the guest here in 5 minutes.**
  傑森會在五分鐘後帶客人來這裡。

B. **at＋明確時間點或慣用表達**：在～（某特定時間點）

at 後面會加**明確的時間點或時段**，如 at 5pm（在下午 5 點）、at noon（在正中午）等。此外，有些字或表達方式一定要和 at 搭配使用，這裡舉幾個常見的：at the same time（在同時）、at once（馬上、立刻）、at first sight（在第一眼），或者也有一些節日是固定和 at 搭配，像 at Christmas（在聖誕節）、at Easter（在復活節）。

C. **on＋星期幾／特定日期／特殊日子**：在～

on 的後面一定要加**明確的時間點**，但不像 at 有著對準了時間軸上一個點的感覺，on 更像是**待在一小段的時間軸之上**，後面通常會接「星期幾」、「特定日期」或「特殊日子」。

- **The conference will be held on Monday.**
  會議會辦在星期一。〔**星期幾**〕

- **My report is due on November 10th.**
  我的報告在 11 月 10 號前要交。〔特定日期〕

- **I'd like to throw a party on my birthday.**
  我生日那天想要辦派對。〔特殊日子〕

D. **after/before＋時間／事件等名詞**：在～之後／在～之前

after 是「在～之後」，before 則是「在～之前」，這兩個介系詞的後面都可以加時間是表示事件的名詞，可以說明事件或動作發生的**先後順序或因果**。

- **The fireworks will be set off after the match.**
  煙火會在比賽結束後施放。

- **My mom drives me to school before she goes to work.**
  我媽媽會在上班前載我去學校。

E. **by＋時間點**：在～以前、不晚於～

by 的後面會**接一個時間點**，用來表達「**在這個時間點以前**」或是「**不晚於這個時間點**」，也就是時間不能超過 by 之後出現的那個時間點，這個表達方式最適合用來設定截止期限了，因此後面時常會出現星期幾、特定日期或時刻等時間點。

- **I have to show up by 5 o'clock.**
  我 5 點以前必須出現。

- **The review should be submitted by Friday.**
  評論應於星期五以前繳交。

❷ 地方介系詞

介系詞中有很大一部分都是用來表達**人事物在空間上的各種相對位置**，像是裡面、外面、前面、後面、上面、下面等等，也可以想成是在**形容人事物間的位置關係**，所以在分類上會被稱作是地方介系詞，下面是其中一些最常用也最好用的介系詞。

常見的地方介系詞	意義	例句
in	在～裡面	There is a dog **in** the park. 有一隻狗在公園裡。
on	在～上面 ▶兩者之間**有接觸**	I put my cellphone **on** the table. 我把我的手機放在桌子上。 （手機和桌子有接觸）
at	在～地點 ▶有確切的「**地點**」概念，而不是被空間包覆的感覺	Tom is **at** school. 湯姆在學校。
outside	在～之外；向著某個方位的外面；在某個地點／範圍的外面	Birds are flying **outside** the window. 鳥在窗戶外面飛。
inside	在～的裡面；在～以內	The party was held **inside** the gallery. 那場派對辦在畫廊裡。
across	在～的對面	The bakery is **across** the street. 那間烘焙坊在對街。
above	在～上方 ▶兩者之間**沒有接觸**	The light is **above** our table. 那盞燈在我們桌子的上方。 （燈沒有碰到桌子）
below	在～下方 ▶兩者之間**沒有接觸**	My cat stays **below** the desk. 我的貓待在書桌下方。 （貓和書桌間沒有接觸）
under	在～下方 ▶兩者之間**有接觸**	I put my diary **under** my bed. 我把日記放在床底下。 （日記和床有接觸）
behind	在～後面	My dog is barking **behind** the door. 我的狗在門後吠叫。
against	靠著，倚著	Mike is learning **against** the bridge. 麥克正靠在橋上。
between	在～（兩者）之間	Our dog is sitting **between** my mom and dad. 我們的狗正坐在我爸媽之間。

among	在～之中 ▶對象**在三者以上**，也就是在群體之中的意思	She is the most beautiful girl **among** all the other contestants. 在其他所有參賽者之中，她是最美的女孩。
around	圍繞；在～附近	There is a grocery store **around** the corner. 在那個轉角處有一家雜貨店。

透過上面表格裡的例句，可以看出句子裡的地方介系詞，通常會出現在**一般動詞**或 **Be 動詞**的後面。

❸ 方向介系詞

除了表達人事物的相對位置和彼此之間的關係，當想表達**動作的方向性**時，就會用到方向介系詞，表示**動作進行的方向**，下面是幾個最常用到的方向介系詞：

常見的方向介系詞	意義	例句
up	往～上方	Alice is getting **up** the bus. 艾麗思正在上巴士。
down	往～下方	Alex put **down** the pen. 艾力克斯把筆放下了。
off	離開～；脫落～	You should take **off** your hat. 你應該要把帽子脫掉。
onto	往～上方	Mr. Smith stepped **onto** the stage. 史密斯先生踏上了舞台。
into	往～裡面	I looked **into** the mirror. 我往鏡子裡面看去。
toward	朝著～的方向	Melissa is walking **toward** the conference room. 梅莉莎正在走向會議室。

Speak 這個時候可以這樣說！

禮貌客氣地請求他人幫忙

要請別人幫忙自己的時候，以 could 或 would 來開頭，會是比較禮貌的問法。

這是因為在英文裡，**過去式的 could 和 would 在語氣上會比 can 和 will 更委婉、更有禮貌。** 所以如果是對不熟的人，或是身處正式場合之中，我會建議使用以 could 或 would 開頭的表達方式來請別人幫忙。

> **Could you help me for a second?**
> 可以請您幫我一下嗎？

這裡用 **for a second** 表示自己要請對方幫忙的不是什麼很麻煩、要花很久時間的事。

> **Could you help me out?**
> 可以請您幫我嗎？

在自己碰到麻煩的時候，就可以用這句話來請對方幫自己解決問題，**help sb. out（幫助某人解決問題）**是一個很常用來請對方幫自己忙的表達方式。

> **Would you give me a hand?**
> ＝Would you please help me?
> ＝Would you mind giving me a hand?
> 可以請您幫我嗎？／請問您願意幫我嗎？

上面這三句的意思大致相同，都是請對方助自己一臂之力，句子中出現的 **give sb. a hand** 就是「**助某人一臂之力、對某人伸出援手**」的意思，不管中文還是英文都有 hand（手），這樣去想就好記多了。

I wonder if you could help me with this?
我在想是否可以請您幫我這件事呢？

I wonder if ~（**我在想是否可以／能不能～**）是一個**語氣委婉、很禮貌**地向對方提出要求的表達方式。

Do you mind if I ask you a favor?
您介意幫我一個忙嗎？
Could I ask a favor?
可以請您幫我一個忙嗎？

Do you mind ~?（您介意～嗎？）是一個很常用的表達方式，雖然字面上是問對方是否會介意，但其實就是詢問「**可不可以、是否能夠**」的意思。**favor** 是「**善意的行為、恩惠**」的意思，所以 **ask a favor** 就是想請對方施予恩惠，也就是**幫個忙**的意思。

📢 直接要求他人幫忙

說完委婉禮貌的表達方式，這裡也整理了一些比較直接、甚至是太過直白的表達方式，這些說法**不建議對不熟的人使用**。

I can't manage. Can you help?
我應付不來了。你可以幫忙嗎？

manage 有著「**設法做到**」的意思，這裡直白的表示自己能力有限、沒辦法做到更多，然後直接要求對方幫忙自己，這種表達方式，**在語氣上帶有強制感**。

I need some help, please?
我需要幫忙，麻煩你了？

這個說法非常直接，甚至有種已經預期對方完全沒有說不的可能，所以這句話常常是**在上對下的場合**中使用，例如在公司裡的上司與下屬之間。

Give me a hand with this, will you?
這件事幫我一下，可以吧？

這也是比較**直接要求對方幫忙、不給對方拒絕空間**的說法。

 表示樂意／不願提供幫助

不論自己能不能夠提供協助，都只要簡單向對方表達自己的意願就行了，下面是最常用的回應方式。

I am glad to.
＝**I'd be happy to.**
＝**I'd love to help.**
＝**I would love to.**
我很樂意（幫忙）

一般會用 **glad、happy** 等表示「**樂意**」的形容詞，來向對方表示自己樂於幫忙。

I'd like to help, but...
我很想幫忙，但是～。
I'd really want to help, but I'm in the middle of ... now.
我真的很想幫忙，但我現在正在忙～。

這兩句都是先向對方表示自己其實是有意願要幫忙，可是卻因為某些原因而無法幫對方，第一句可以把**理由的部分放在 but 之後**，第二句的 **in the middle of sth.（正在忙於～）**是很常用到的慣用表達。

Sorry, but I'm kind of busy now.
抱歉，但我現在有點忙。

也可以直接向對方表示自己在忙，**不用說明具體原因**。

CH.
01

婉拒他人幫忙

有的時候也會遇到自己不需要幫忙，但別人卻主動要提供協助的情況，這時可以先簡單謝過對方的好意，再向對方表明自己有能力可以做到。

> **No, thank you. I can manage.**
> 不用，謝謝你。我可以應付。

這裡的 manage 和前面提到的一樣都是「設法做到」的意思。

> **No, thank you. I am fine.**
> ＝**No, thank you. I am good.** 不用，謝謝你。我很好。

這裡的 fine 和 good 都是向對方表示自己「狀態還可以，不需要幫忙」的意思。

Try it 試試看！

1. The key is _____ the box _____ that table.
   鑰匙在那張桌子下的箱子內。

2. Can you _____ me out?
   你可以幫忙我嗎？

3. I am _____ to.
   我很樂意。

Answer：1. in, under　2. help　3. glad

Dialogue 開始進行對話！

> **Point** 聊寵物話題的必備表達方式

A： Hi Joseph! How are you doing? Oh, **there's** a cute dog! She's yours?

B： Never better! Yeah, we're just finishing our afternoon walk. **There's** a nice dog park nearby.

A： She's so adorable! Have you got her fixed?

B： No, **there was** someone who told me that it would be bad for her to get fixed too early, but I'm going to take her to a vet for a checkup very soon.

A： Ah, your dog is pooing on the ground!

B： Don't worry. **There are** dog poop bags for that—see, I've got them right here. And, she's getting a bath today, so it's all good!

‖ 中文翻譯 ‖

A： 嗨，喬瑟夫！你好嗎？噢，有隻可愛的狗！她是你的嗎？

B： 我很好！是啊，我們剛結束下午散步了。這附近有個很棒的狗公園。

A： 她真是可愛！你已經讓她結紮了嗎？

B： 還沒，之前有人跟我說太早結紮對她不好，不過我很快要帶她去獸醫那裡做檢查了。

A： 啊，你的狗在地上大便了！

B： 別擔心。我有狗狗便便專用袋可以用——你看，就在這裡。而且，今天她要洗澡，所以沒問題的！

Grammar 對話裡的文法！‐‐‐‐‐‐‐‐‐‐‐‐‐‐‐‐‐‐‐‐‐‐‐‐‐‐‐‐

 Point ・ **There is/are...**

- -

1. There is/are 代表「有～」的概念，也就是「在（某處）存在～」。

　　一說到「有」的英文，我們常常會立刻想到 have/has 這兩個單字，不過 have 和 has 所指的「有」其實是「擁有」，也就是「主動具有所有權」：

- **Tina has a pen.**
  蒂娜有枝筆。〔**蒂娜主動去擁有一枝筆**〕

　　但如果要表達的不是「擁有」，而是「**存在**」，例如「那棵樹下**有**一隻狗」，那麼就不能用 have/has，而要用「**There＋is/are（Be 動詞）**」的句型來表達，表示「**在（某處）存在～**」。

- **There is a dog under the tree.**
  那棵樹下有一隻狗。〔**狗存在於那棵樹的下方**〕

- **There are 10 students in the classroom.**
  這間教室裡有 10 個學生。〔**10 個學生存在於這間教室**〕

　　特別要記得的就是，這些句子裡表達存在的「有」，在英文裡不是表達擁有的 has/have，所以要小心不要寫成 There has/have ～。

這裡先和大家介紹一下最常看到的 There＋is/are（Be 動詞）句型：

There＋Be 動詞＋不定冠詞／數量或數量形容詞＋名詞

這邊要特別注意的是，當後面的**名詞是單數**時，就要用**單數的 Be 動詞** is，**複數名詞**的時候則要用**複數的 Be 動詞** are，當然，如果句子內容的時間點是在講過去或未來的事，那麼句子裡的 **Be 動詞就要改成符合時態**的 was/were、will be、has/have been 等。

- **There is a dog** in the park.
  公園裡有一隻狗。〔單數名詞搭配單數 Be 動詞〕
  → **There are many dogs** in the park.
  公園裡有很多隻狗。〔複數名詞搭配複數 Be 動詞〕
  → **There was a dog** in the park.
  公園裡之前有一隻狗。〔搭配過去式 Be 動詞〕
  → **There has been a dog** in the park.
  公園裡一直有一隻狗。〔搭配過去完成式 Be 動詞〕

如果要表達的是「在（某處）不存在～」，只要在句子裡**加上 not** 或在單數名詞前**加上 no** 來否定就行了。

- **There is not a dog** in the park.
  ＝**There is no dog** in the park. 公園裡一隻狗都沒有。

2. 當 There is/are 的句子裡出現動詞，動詞要改成現在分詞（Ving）或過去分詞（ved）。把 Be 動詞移動到句首就會成為疑問句。

There is/are 的句子裡不只會有名詞，後面也會出現**動詞**，這些動詞是用來**描述前面那個名詞當下的狀態或正在做的動作**。

- **There is a dog barking** in the park.
  公園裡有一隻狗在叫。〔描述公園裡的這隻狗正在叫〕

當我們要描述的是**主動做的動作**時會用**現在分詞（Ving）**，若是**被動的動作**則要用**過去分詞（ved）**。

- **There is a dog walking in the park.**
  公園裡有一隻狗在走。〔描述公園裡的這隻狗正在走〕

- **There is a dog walked by the owner in the park.**
  公園裡有一隻狗在被主人遛。〔描述公園裡的這隻狗正在被遛〕

此外，我們當然也能利用 There is/are 的句型來發問，這時只要把 Be 動詞移動到句首，疑問句就完成了！

- **There is a cake on the table.**
  那張桌子上有一個蛋糕。
  → **Is there a cake on the table?**
  那張桌子上有一個蛋糕嗎？

當然，這部分的 **Be 動詞**也要記得隨著後面名詞的**單複數做變化**。

- **There are two cakes on the table.**
  在那張桌子上有兩個蛋糕
  → **Are there two cakes on the table?**
  在那張桌子上有兩個蛋糕嗎？

Speak 這個時候可以這樣說！

 聊寵物必備單字與表達方式

想要和朋友聊寵物，就必須要先知道與寵物相關的單字與表達方式，這樣才能順利對話。

★ 用品相關：

kennel（狗窩）
pet bed（寵物床）
cat tree（貓跳台）
dry food（乾飼料）
canned food（罐頭飼料）

cat litter（貓砂）　　poop bag(s)（便便專用袋）　　leash（寵物栓練）
collar（項圈）　　pet dish（寵物餐盤）　　pet brush（寵物毛刷）
cat teaser（逗貓棒）　　dog shampoo（洗毛劑）
treat(s)（寵物零食、點心）　　dental chew（潔牙骨）

★ 照顧相關：

Feed your...：餵你的〜
Give your ... water.：給你的〜喝水。
Get your ... fixed.：帶你的〜結紮。
Take your ... for a walk.：帶你的〜去遛。
Pick up your ...'s poo.：清理你〜的大便。
Take your ... to the groomer.：帶你的〜去寵物美容師那裡。

* 「...」內可以填入寵物的品種或名字。

★ 其他：

keep a pet（養一隻寵物）　　breed（品種）　　mixed-breed（混種）
owner（飼主）　　vet＝veterinarian（獸醫）
take ... to a vet（帶〜去看獸醫）　　shed（掉毛）
pet grooming（寵物美容）　　nail clipping/trimming（修剪趾甲）

 利用寵物相關單字來聊聊

　　在學會這些單字之後，我們就可以真的把這些單字用在句子裡，和別人討論看看寵物相關的話題，如品種或是照顧的方法。

Which dog breed best suits me?
我最適合什麼品種的狗呢？
What are the easiest dog breeds to own?
哪些狗最好養？

自己沒有養狗，但對養狗有興趣的時候，就可以這樣問問看有養狗的人，對方可能會回答你狗的品種，並對這些品種的特性稍作解說。

★ 常見狗種：

Beagle（米格魯）　Bulldog（鬥牛犬）　Corgi（柯基）
Chihuahua（吉娃娃）　German Shepherd（德國狼犬）
Golden Retriever（黃金獵犬）　Labrador Retriever（拉布拉多）
Poodle（貴賓狗）　Shiba Inu（柴犬）　Yorkshire Terrier（約克夏）

I think you should provide a protected and clean environment for your pet.
我覺得你應該要替你的寵物提供一個安全又乾淨的環境。

在說了這句話之後，可以向對方提出一些簡單的建議。

It's important to feed your pet with fresh water.
讓你的寵物喝新鮮的水是很重要的。
You are supposed to feed a quality diet and prevent obesity.
你應該要餵品質好的食物，而且要避免過胖。
You must provide ample opportunities to exercise for your dog.
你必須要給你的狗有大量的運動機會。

可以像上面這幾句一樣，提出一些具體的建議。

I'm not sure if he/she's okay; he/she seems spiritless.
我不確定他／她好不好，他／她看起來沒什麼精神。
He/She is so energetic that I have to spend a lot of playing with him/her.
他／她精力旺盛到我要花很多時間和他／她玩。

現在的寵物多半會被視為是家人，所以通常會用 **he/she** 來代稱，而不會用 it（牠）。spiritless（無精打采的）和 energetic（精力旺盛的）都是很常用來形容寵物的字。

> **It's necessary to have your pet examined by a vet on a regular basis.**
> 帶你的寵物去給獸醫做定期檢查是有必要的。

定期檢查也可以說 **do a regular checkup**，**帶去看獸醫**則可以說 **take my pet to a vet**。

> **You need to communicate and develop the bond with your dog.**
> 你必須與你的狗溝通並且建立關係。
> **You need to train your dog to follow some simple commands.**
> 你得訓練你的狗來遵從一些簡單的指令。

也可以談論一些和訓練有關的內容，**train** 是「**訓練**」的意思，**command** 是「**口令**」，也可以用 **order** 這個字。

> **Don't overlook the importance of grooming and nail trimming.**
> 不要忽視美容和修剪指甲的重要性。
> **I have to take my cat to the groomer for a nail clipping.**
> 我得帶我的貓去美容師那裡剪趾甲。
> **My dog sheds a lot recently, so I brush him several times a week.**
> 我的狗最近很會掉毛，所以我一個禮拜幫他梳好幾次的毛。

與寵物美容和剪趾甲、梳毛等內容也是經常會討論到的話題。

Try it 試試看！

1. She is _____ _____ _____.
   她正在遛一隻狗。

2. There _____ _____ dog _____ her food.
   有一隻狗正在吃她的食物。

3. _____ _____ a cat climbing the tree 10 minutes ago.
   10 分鐘前有一隻貓在爬那棵樹。

Answer：1. walking, a, dog 2. is, a, eating 3. There, was

Chapter 03

Taipei is a beautiful city.

描述城市

P2_Ch3.mp3

Dialogue 開始進行對話！

> **Point**
> ・如何描述城市間的方位與位置
> ・如何描述對城市的感覺

A： Taipei city **is located in** northern Taiwan with lots of tourist attractions.

B： Could you please introduce some of the most famous attractions to me?

A： I would recommend Elephant Mountain, which **is situated in** the suburbs. For one thing, it is the best place to get a

bird's eye view of the city. For another, you will enjoy the night view there.

B： Sounds amazing! And which night market would you recommend?

A： You can visit Shilin Night Market, which **sits near** Jiantan MRT Station.

B： Wow, how convenient! Taipei City is not only beautiful but tourist-friendly.

‖ 中文翻譯 ‖

A： 台北市位在台灣北部，且有著許多觀光景點。

B： 可以請你介紹一些最有名的景點給我嗎？

A： 我會推薦位於郊區的象山。一是因為那裡是鳥瞰城市的最佳地點；另外，你會很享受那裡的夜景的。

B： 聽起來真棒！那麼你會推薦哪個夜市呢？

A： 你可以去士林夜市，它在劍潭捷運站附近。

B： 哇，真是方便！台北市不只美麗，而且還很好旅遊。

Grammar 對話裡的文法！ -

▶ Point ・形容方位、方向與相對位置

- -

1. 描述地點的所在位置最常用到 locate、situate、lie、sit、stand。

　　在日常生活中很常會碰到需要描述地點的時候，在英文裡有些動詞簡直就是為此而生的，不過，用的字不一樣，用法當然也不同，下面我們會分別介紹常以被動態形式出現的 locate 和 situate，以及會用主動態來表達的 lie、sit、stand。

❶ 要用被動態句型的 locate 和 situate

要描述方位的話，locate 和 situate 是一定要會用的兩個動詞。

名詞是 location（地點，所在地）的動詞 **locate**，意思是「**使座落於，使位於**」，和另一個動詞 **situate（使位於）**都必須要**以被動態的句型來用**，另外，這兩個字在描述地理位置時是可以互通的，所以可以直接替換使用。

人事物＋be located/situated＋介系詞（in、on、at 等等）＋the 方位（west/east/north/south）或地點

- **My city is located/situated in the southern part of the country.**
  我的城市位在這個國家的南方。〔in 有著「被包圍在之中」的意味〕

- **My house** is located/situated **at the intersection of Houston Street and Brook Avenue.**
  我家位在休士頓街和布魯克大道的交接處。〔at 用於「有確切地點」時〕

- **The tower** is located/situated **on Kinston Beach.**
  這座塔位在金斯頓海灘上。〔on 有著「在～之上」的意味〕

記得在 located 和 situated 的後面要**加上適合的地方介系詞**，再接方位和地點。

② 要用主動態句型的 lie、sit、stand

lie、sit 和 stand 都有著「座落於，位於」的意思，但這三個字不能用在被動態句子裡，而是要用主動句的句型，把 lie、sit 和 stand 當成是句子裡的動詞。
一般在使用的時候，和 locate 及 situate 一樣，後面都會先加上介系詞，再接方位或地點。

主詞＋lie/sit/stand＋介系詞（in、on、at 等等）＋the 方位（west/east/ north/south）或地點

- **The library** lies/sits/stands **to the west of us.**
  那間圖書館在我們的西邊。〔to 可以用來表達出「相對位置」的概念〕

- **The factory** lies/sits/stands **100 miles from the shore.**
  那間工廠距離岸邊 100 英里遠。〔from 可以表達出「具體的距離」有多遠〕

比較特別的是，有時為了讓句子比較有變化且具有書面體的優美感，或是想要強調所在地點，就會把原本在句子**後方的「介系詞＋地點」挪到最前面，而把主詞放到最後**，變成倒裝句，感覺就好像是主詞變成了受詞，不過，這時**動詞變化的形式仍然不會改變**，依舊是看被放到後面的主詞單複數來決定。

- **A beautiful castle** lies/sits/stands **in the forest.**
  → **In the forest** lies/sits/stands **a beautiful castle.**
  一座漂亮的城堡位在森林裡。

- **My school** lies/sits/stands **at the hilltop.**
  → **At the hilltop** lies/sits/stands **my school.**
  我的學校位在山頂上。

2. 表達具體方位的複合名詞和形容詞

要講具體方位時，有時 east（東）、west（西）、south（南）、north（北）這樣的單一方位，表達起來不夠清楚，這時就要用上**方位複合名詞**。這些方位複合名詞是將兩個方位相連接，構成 northwest（西北方）、southwest（西南方）、northeast（東北方）、southeast（東南方）。

- **The bakery is in the northwest of the school.**
  那間烘焙坊在學校的西北方。

- **That famous attraction is located in the southeast of the lake.**
  那個有名的景點位在這座湖的東南方。

不過這些複合名詞同時也具有**形容詞和副詞**的身分，可以按照當下的需求使用。

- **The northeast monsoon is so strong that I barely stand.**
  東北季風強到我很難站著。〔northeast 當形容詞〕

- **You have to drive southeast to the international airport.**
  你必須往東南方開去國際機場。〔southeast 當副詞〕

如果想表達的是「在某個方位的」、「來自某個方位的」，那麼也可以用**形容詞** northern（在／來自北方的）、southern（在／來自南方的）、eastern（在／來自東方的）、western（在／來自西方的）、northwestern（在／來自西北方的）、southwestern（在／來自西南方的）、northeastern（在／來自東北方的）、southeastern（在／來自東南方的）。

如果去看英文辭典，就會發現這些形容詞本身就帶有 in or from a place（位在或來自於一個地方）的意思，所以在報方向的時候不能用這些字尾加上了 -ern 的形容詞。

- **I'm from a northern city.**
  我來自一個北方的城市。

- **She comes from southern Europe.**
  她來自南歐。

Speak 這個時候可以這樣說！

五大面向描述地點

在描述地點的時候，我們可以從各種面向切入去形容那個地點，除了上面學到的地理位置（location）或方位（direction）之外，還有其他面向可以用，一起來看看吧！

★ size（大小）

當想要形容的地點有著**具體形象**時，就可以從「大小」來著手。

tiny：很小的、袖珍的，程度上比 small 更小
small：小的
average：普通的、中等的，這個字原本是「平均的」的意思，所以就是所謂的「一般大小」
big：大的
large：大的
huge：巨大的，程度上比 big 和 large 更大
enormous：非常巨大的

- **The house itself is small, but the garden is really big.**
  這房子本身很小，但花園真的很大。

- **It's an enormous stadium.**
  這是一個非常巨大的體育館。

★ infrastructure（基礎建設）

infrastructure 就是我們常說的「**基礎建設**」或「**公共建設**」，通常都是大規模、由政府建造的交通設施或通訊設備等，像車站、道路、機場等等。

bridge（橋）　　highway（公路）　　freeway（高速公路）
airport（機場）　　harbor（港口）　　train/railway station（火車站）
bus station（巴士總站）　　MRT station（捷運站）
power plant（發電廠）　　school（學校）　　hospital（醫院）

- **Our school is located near a bridge.**
  我們學校位在離一座橋很近的地方。

- **The train station stands in the center of the city.**
  那個火車站位在市中心。

★ amenities 便利設施

amenities（便利設施）和上面的 infrastructure（基礎建設）有的時候很難區別，但其實只要記得 infrastructure 是為了滿足最基礎的生活需求，且和未來發展緊密相關的建設，像是水電、交通等，而 amenities 則是為了讓生活更舒適便利而建造的設施。

library（圖書館）　　museum（博物館）　　community center（社區中心）
stadium（體育館）　　concert hall（演奏廳）　　post office（郵局）
market（市場）　　swimming pool（游泳池）　　shopping mall（購物商場）

- **The newly opened shopping mall is located in downtown.**
  新開的購物商場位在鬧區。

- **The stadium sits near my school.**
  體育館在靠近我學校的地方。

★ common adjectives 常見形容詞

當然也有一些形容詞是在形容地點時特別常用到的。

attractive（吸引人的）　　crowded（擁擠的）　　old（老舊的）
quiet（安靜的）　　safe（安全的）　　dangerous（危險的）
special（特別的）　　remote（偏僻的）　　picturesque（風景如畫的）
scenic（風景秀麗的）　　mountainous（多山的）

- **This is a <u>safe</u> neighborhood.**

  這是一個安全的社區。

- **It's too <u>remote</u> for me to live.**

  那裡對我來說要住太偏僻了。

★ number 數字

在描述地點時，有時也會從**人口**或**時間**相關的角度出發。

population：人口，通常會直接說出數字並加上單位，例如 sixty thousand（六萬）、twelve million（1200 萬）等等。

founded/established in＋年份：在～（某年）創立的，多半會用在建築物上。

- **It's an area with <u>a population of 20 million</u>.**

  這是一塊有兩千萬人口的區域。

- **The museum <u>is established in</u> 1998.**

  這間博物館創立於 1998 年。

 實際用用看

我們在這個 Chapter 裡面學到了很多用來描述地點的句型和單字，現在我們就直接利用這些單字和句型來描述一個城鎮的地理位置和相關資訊，一起來看看要如何表達吧！

- **I live in a <u>small</u> town, which <u>lies</u> 60 miles <u>from</u> the coastline.**

  我住在一個距離海岸線 60 英里的小鎮裡。

- **In the town <u>stands beautiful bridges</u> and <u>harbors</u>.**

  在城鎮中有著美麗的橋與港口。

- **Residents in the town have access to <u>libraries</u>, <u>post offices</u>, <u>markets</u>, and <u>schools</u>.**

  鎮上的居民可以使用圖書館、郵局、市場，以及學校。

- **The <u>old</u> buildings in the town are really <u>attractive to tourists</u>. So it is always quite <u>crowded</u>.**

  城鎮裡的老建築物對觀光客來説非常有吸引力。所以這裡人總是相當多。

- **<u>Founded in</u> 1990, the town has <u>a population of</u> 500,000.**

  這個在 1990 年建立的城鎮有著 50 萬的人口。

Try it 試試看！

1. My city is _____ in the _____.

   我的城市位在南方。

2. She is from a _____ city.

   她來自南方的城市。

3. Tina wants to go to a _____ city for skiing.

   蒂娜想去北方的城市滑雪。

Answer：1. located, south   2. southern   3. northern

Part

03

表達情緒
感受時會用到的文法

Dialogue 開始進行對話！

> **Point** 如何有禮貌地稱讚他人

A：Hi, Amy! You **look amazing** today! How's everything going?

B：Thanks, Kelly. You **look fantastic** as well. I'm doing great!

A：Where did you get that gorgeous bag? It **suits** you **so well**! I've been really keen to get a new one as well recently.

B：I bought it from a nearby fashion shop. **I love** your bracelet. Where did you get it?

A：My mom made it for me.

B：It **goes so well** with your outfit!

||| **中文翻譯** |||

A：嗨，艾咪！妳今天看起來真棒！最近好嗎？

B：謝了，凱利！你看起來也超棒的。我過得很好！

A：那個漂亮的包包妳在哪裡買的？它真的很適合妳！我最近也一直非常想要買一個新的。

B：我在附近的潮店買的。我好喜歡你的手鏈。你在哪裡買的？

A：我媽媽幫我做的。

B：它跟你的衣服太搭了！

Grammar 對話裡的文法！

▶**Point** ‧ **副詞分類與用法**

1. 用來讓句子更明確的副詞

在用英文的時候，如果想要**提升表達的明確程度，或想要加強或削弱語氣**，那就可以在句子裡面加入**副詞（adverb）**，副詞可以用來**修飾動詞、形容詞、其他副詞**，甚至是**整個句子**。

- **Interestingly, she didn't like talking to strangers.**
  很有趣地，她之前不喜歡跟陌生人說話。

上面句子裡的副詞 interestingly（有趣地）直接放在句首，修飾整個句子，而不是僅對單一字彙進行修飾，為整個句子增添了情緒。

雖然副詞在句子裡不是一定必要的，而且有沒有副詞都不會影響句子在文法上的正確性。但是副詞可以幫句子表達出更多「**情緒**」、「**狀態**」、「**程度**」、「**地方**」、「**時間**」、「**頻率**」等等的相關資訊，讓聽你說話的人可以明確知道你想表達的是什麼。

下面我們直接從句子裡來看吧！

- **Alice hates Tim.** 艾莉絲討厭提姆。
  〔雖然知道「艾莉絲討厭提姆」的這件事，但不清楚到底是多討厭。〕

  → **Alice hates Tim very much.** 艾莉絲非常討厭提姆。
  〔多加了副詞 very much（非常），立刻就知道艾莉絲討厭提姆的「程度」不是只有一點點，而是非常強烈。〕

- **She is running.** 她正在跑步。
  〔單純描述當下正在進行的動作，不清楚跑得快慢或是跑者當下的狀態。〕

  → **Reluctantly, she is running really fast.**
  不情願地，她正在以非常快的速度跑步。
  〔多加了副詞 really fast（非常快的速度），立刻就知道跑者當下的「狀態」不是在慢慢跑，而是在快速奔跑。句首的 reluctantly（不情願地）修飾後面的一整個句子，表達出跑者當下的「情緒」〕

就像上面的例句這樣，只要加上副詞，就能讓句子所想要表達的資訊更加明確清晰，另外，透過上面這些例句也可以看出，副詞的擺放位置非常有彈性，沒有一定的規則，就像：

- **I read books** sometimes.
  ＝Sometimes **I read books.** 我有時會看書。（○）

然而必須要注意，副詞**不能放在動詞與受詞之間**，所以上面的句子不能寫成：

- **I read** sometimes **books.**（×）

2. 各種不同的副詞

這裡我們來介紹一些經常會用到的副詞，簡單分成下面幾類：

❶ 頻率副詞

這類副詞用來補充說明**一個行為或事件發生的頻率高低**。

A. 頻率很高

always：「**總是，每次**」，發生頻率 100%。

usually：「**通常**」，表示在正常狀況下，會像是個習慣似的發生，不過也不排除發生意外而打破習慣的可能性，但可理解成「**十之八九**」會發生。

normally：「**一般來說，正常來說**」，表示在沒有意外的狀況下就會發生，但沒有排除發生意外的可能性。

often：「**經常**」，發生頻率和下面的 frequently 差不多。

frequently：「**時常，頻繁**」，雖然發生的頻率也很高，但沒有 usually 來得高。

- **She** always **goes swimming in summertime.**
  她夏天總會去游泳。〔只要是夏天就絕對會去〕

- **He** usually **visits his grandma every week.**
  他通常每週都會去看他奶奶。〔但如果臨時有事就不會去〕

- **Jack normally gets up at 7 o'clock every morning.**

  傑克一般來說每天早上會在 7 點鐘起床。〔normally 出現時，通常表示事情沒照一般情形進行，所以這句話隱含著「傑克沒有在 7 點鐘起床」的意思〕

- **I often/frequently go to the library nearby.**

  我常去附近的那間圖書館。
  〔常去但不是總是去，也有可能會去別間圖書館、甚至是不去圖書館〕

B.　頻率普通

sometimes：「**有時候**」，發生頻率一半一半的感覺。
occasionally：「**偶爾**」，看情形有可能會發生，不過發生頻率大概三成而已。
seldom：「**很少**」，雖然有可能發生，但頻率大概就是十次裡面有一次。

- **I go jogging sometimes.**

  我有時候去慢跑。
  〔雖然也會去慢跑，但不是天天都去跑，大概一週三次的頻率〕

- **Sam occasionally goes to a nice restaurant for a feast.**

  山姆偶爾會去好餐廳大吃一頓。
  〔一般都隨便吃，但遇到特殊日子會去吃好餐廳的那種頻率〕

- **Sarah seldom loses her temper.**

  莎拉很少發脾氣。〔發脾氣的頻率很低，但仍有發生過〕

C.　頻率很低

rarely：「**罕見，稀奇**」，基本上只有在意外狀況下才有發生的可能性。
hardly：「**幾乎不**」，發生機率低到用在句中就像是 not，所以句子裡有 hardly 就不能再用 not 了。
never：「**從未，絕不**」，沒有發生的可能，和 hardly 一樣用來表示否定，所以句中出現 never 就不能再用 not。

- **My son rarely cries, only when he is hurt.**

  我兒子很少會哭，除非他受傷。
  〔表示只有在受傷這種「意外狀況」下才會哭〕

- **She hardly has money to buy luxuries.**
  她幾乎不會有錢可以買奢侈品。
  〔發生「有錢可以買奢侈品」的頻率低到基本沒有〕

- **I have never been there before.**
  我之前從來沒有去過那裡。
  〔這裡的 never 就像是 not 一樣否定了發生的頻率〕

❷ 程度副詞

這類副詞用來補充說明**某個動作或狀態的強烈程度**，下面列出一些生活中最常用到的程度副詞。

A. 加強程度

absolutely（絕對地）　**totally**（完全地）　**completely**（完全地）
extremely（極度地）　**very**（非常）　**too**（太過）　**quite**（相當）
so（那麼地）　**really**（真地）　**particularly**（尤其）
especially（尤其）

- **Tina is extremely beautiful.** 蒂娜極美。

- **I was very tired.** 我那時非常疲倦。

- **Fiona is too shy to talk to Andy.**
  費歐娜太過害羞而無法和安迪說話。
  〔too...to... 是一個非常常用的表達方式，意思是「太過～以至於不能～」〕

B. 削弱程度

slightly（一點點地，稍微地）　**just**（只，僅僅）　**merely**（僅僅）
nearly（幾乎）　**almost**（幾乎）　**enough**（足夠地）
a little（一點點）　**less**（較小地，較少地）

- **You are rich enough to buy a car.**
  你夠有錢去買車了。
  〔加上 enough 之後反倒限制了 rich 的程度〕

- **Steven is slightly depressed.**
  史帝芬有點沮喪。
  〔沮喪的程度很輕微〕

- I almost slipped on the floor.
  我那時差點就滑倒在地上了。
  〔沒有到滑倒的程度〕

❸ 連接副詞

這類副詞**具有連接詞的作用**，可以用來**連接兩個獨立的句子**，表達出兩個句子之間的關係，像是**先後順序、比較、因果**等等。

特別要注意的是，因為連接副詞本質上還是副詞，不能像連接詞那樣直接用來連接句子，而是要在連接副詞的**前面加上分號「；」、後面加上逗號「，」**，才能夠連接另一個獨立的句子。

下面是一些常用的連接副詞，這些連接副詞也被視為是轉折語，在需要表達出起承轉合的時候很常用。

A.　結果

　　consequently＝as a consequence＝in consequence

B.　因此

　　therefore＝hence＝as a result＝thus

C.　然而

　　however＝nevertheless＝nonetheless

D.　此外

　　besides＝in addition＝additionally＝moreover＝what's more

E.　相反地

　　on the contrary＝contrarily

- She is his sister; however, he is not close with her.
  她是他的姊姊；然而，他跟她並不親。

- **Tim is not feeling well; therefore, he will take a leave tomorrow.**
  提姆身體不舒服；因此，他明天會請一天假。

- **Jason was unhappy about being cheated; thus, he broke up with Jenny.**
  傑森對於被劈腿很不高興；因此，他和珍妮分手了。

❹ 從形容詞變化而來的副詞

我們最常看到的副詞，常會是由形容詞變化而來的，而變化的方式基本上是有規則的，下面簡單介紹一些最常見的規則。

A. 形容詞字尾**直接加 -ly**；字尾若是 y，則**去 y 加 ily**

- **bad** 壞的 → **badly** 壞地
- **interesting** 有趣的 → **interestingly** 有趣地
- **lucky** 幸運的 → **luckily** 幸運地
- **lazy** 懶惰的 → **lazily** 懶惰地
- **terrible** 糟糕的 → **terribly** 糟糕地
- **perfect** 完美的 → **perfectly** 完美地

B. 形容詞與副詞**同形**

- **fast** 快的 → **fast** 快地
- **daily** 每天的 → **daily** 每天地
- **early** 早的 → **early** 早地
- **far** 遠的 → **far** 遠地
- **straight** 直的 → **straight** 直地
- **only** 唯一的 → **only** 唯一地

C. **不規則**

- **good** 好的 → **well** 好地

D. 例外詞彙，字尾加了 -ly 之後**意思完全不同**

- **late** 晚的 → **lately** 近來，最近
- **near** 近的 → **nearly** 幾乎
- **hard** 困難的 → **hardly** 幾乎不

當想要有禮貌地稱讚他人的外貌、能力、內在等等特質時，只要簡單的使用：

> 主詞＋Be 動詞＋（副詞）
> ＋形容詞.

這個通用的句型，可以傳達出身為主詞的這個人擁有形容詞部分所說的特質，在形容詞的前面可以加上前面學到的各種副詞，讓整體句意更加明確。

稱讚個性

英文裡有很多與個性、人格特質有關的形容詞，要想抓住重點地準確稱讚人，就一定要學會這些形容詞。

★ 常見的個性相關形容詞

ambitious（野心勃勃的） calm（冷靜的）
compassionate（有同情心的） broad-minded（寬宏大量的）
confident（有自信的） diligent（勤奮的） down-to-earth（實際的）
dynamic（充滿活力的） easy-going（好相處的、隨和的）
enthusiastic（熱情的） proactive（積極主動的） romantic（浪漫的）
resolute（堅定不移的） punctual（準時的） practical（實際的）
responsible（負責任的） self-disciplined（有自制力的；自律的）
sincere（真誠的） sociable（善於社交的） talented（才華洋溢的）
talkative（健談的） independent（獨立的） industrious（勤勞的）
honest（誠實的） fearless（無畏懼的） frank（坦白的）
friendly（友善的） funny（搞笑的） generous（慷慨的）
gentle（溫柔的） genuine（真誠的） energetic（有活力的）
considerate（體貼的） kind（友善的） knowledgeable（博學的）

lively（活躍的）　mature（成熟的）　methodical（有條理的）
modest（謙虛的）　nice（友善的）　open-minded（心胸開闊的）
optimistic（樂觀的）　outgoing（外向的）　patient（有耐心的）
peaceful（和平的）　persuasive（有說服力的）　thoughtful（體貼的）

實際套用句型用用看吧！

- **You are so <u>ambitious/compassionate/diligent</u>.**

  你真有野心／有同情心／勤勞。

- **Mike is a <u>nice</u> guy.**

  麥克是好人。

- **Sandy is really <u>persuasive</u>.**

  珊蒂真的很有說服力。

稱讚外表

想要稱讚別人的外表時，最常用的句型就是：

> 主詞＋look(s)＋（副詞）
> ＋形容詞.

意思是「**某人看起來～**」，特別要注意的是，因為想要稱讚的是外表，所以這邊會用 look（看起來～）這個動詞。

★ 常見的外表相關形容詞

pretty（美麗的）　handsome（英俊的）　breathtaking（美的令人屏息）
stunning（令人驚艷的）　radiant（光彩照人的）
enchanting（使人著迷的）　captivating（令人神魂顛倒的）
attractive（有吸引力的）　good-looking（長相好看的）

- **Andy <u>looks handsome</u> and <u>attractive</u>.**

  安迪看起來英俊又有吸引力。

- **Jane <u>looks</u> so <u>stunning</u> tonight.**

  珍今晚看起來真是令人驚艷。

當然也可以使用通用句型，直接形容對方的外表。

- **Susan is <u>good-looking</u>.** 蘇珊長得很好看。

- **Helen is <u>pretty</u>.** 海倫很漂亮。

另外，也可以利用介系詞來讓句意更明確。

- **You are truly radiant <u>with that dress</u>.**

  妳穿那件裙子真是光彩照人。

  〔用 with that dress 來表示當下的狀態。〕

行為舉止

除了對方的人格特質和外表之外，有的時候也會想要稱讚**對方所做的事或行為**。

You are acting...
你表現得很～。

可以在 acting（正在表現）之後加上 smart（聰明的）、wise（有智慧的）、clever（明智的）等等正面的形容詞，來稱讚別人，不過後面也能加上負面的形容詞，如 weird（奇怪的）、awkward（笨拙的）、strange（奇怪的）來批評別人。

- **<u>You are acting</u> smart.**

  你表現得很聰明。

- **You are acting clever.**

  你表現得很明智。

> **Good job! / Well done! / Great work!**
> 做得好！

這些是非常常用的表達方式，不論是正式還是非正式場合都很常用到。

> **Nailed it!**
> 你辦到了！

這個說法通常是在對方**完成一件有難度的事**之後所用的稱讚方式。

> **Keep up the good work!**
> 繼續保持！

這個表達方式會用在**上對下的場合**，例如主管稱讚員工的工作表現。

> **Brilliant/Great/Marvelous/Fabulous/Unbelievable/Excellent/Awesome!**
> 太棒了！，太厲害了！

當然也可以直接用一個形容詞來稱讚對方。

Try it 試試看！

1. She is writing _____. 她寫得很完美。

2. Tommy is _____ handsome. 湯米非常帥。

3. _____ I think she is not honest. 有時候我覺得她不誠實。

Answer：1. perfectly 2. very 3. Sometimes

Chapter 02

I am feeling good.

形容對人事物的感覺

P3_Ch2.mp3

Dialogue 開始進行對話！---------------------------------

 Point 用對形容詞說出心裡話

A：Hey, Kelly! I heard you won an award!

B：Yeah, I'm truly **proud** of myself for getting that award!

A：Wow, that plaque is incredibly **awesome**! But, why do you look a little **depressed**? How have you been?

B：It has been rather **complicated**. My mom just passed away.

A：I'm really **sorry** to hear that. Do you need me to help with anything?

B：Probably not...Umm, maybe we can just go to that coffee shop for a chat? I think talking to a friend like you will make me feel **better**.

||| **中文翻譯** |||

A： 嘿，凱利！我聽説你得獎了。

B： 是啊，我真的對自己能得這個獎感到很驕傲！

A： 哇，這獎牌真是太棒了！但你看起來為什麼有點憂鬱？你最近過得怎麼樣？

B： 有點一言難盡。我媽媽剛走了。

A： 我很遺憾聽到發生這種事。你需要我幫忙做什麼嗎？

B： 應該沒有吧……嗯，也許我們可以去那間咖啡廳聊聊？我覺得和你這樣的朋友聊聊會讓我覺得比較好。

> **Point** ・**形容詞的概念與用法**

1. 形容詞的概念

就和「形容詞」的字面意義一樣，**形容詞就是用來形容人事物的字詞**。雖然形容詞在文法上不是必要的，但多加了形容詞就可以讓句子變得更加明確，而且也會更好理解。

- **a puppy** 一隻小狗
  - → **a cute puppy**
    一隻可愛的小狗〔多加了 cute（可愛的），明確點出小狗的特徵〕

- **a woman** 一個女人
  - → **a beautiful woman**
    一個美麗的女人〔多加了 beautiful（美麗的），明確點出女人的特徵〕

- **an event** 一個活動
  - → **an incredible event**
    一個超棒的活動〔多加了 incredible（超棒的），明確點出活動的特徵〕

透過例句就可以清楚發現，只要在句子裡添加形容詞，就可以讓句子中出現的名詞擁有更加明確具體又好懂的特徵，為聽你說話的人提供更多的相關資訊。

2. 形容詞的使用說明

❶ 放在名詞之前、不定代名詞之後

把形容詞放在名詞之前是最常見的形容詞使用方式，要注意的是，當名詞的前面出現冠詞如 a、an、the、this 等字時，**形容詞必須要放在冠詞之後**。

- **I want to buy a beautiful bag.** 我想要買一個漂亮的包包。
- **Sandy walks on a quiet street.** 珊蒂走在一條安靜的街上。

不過，如果想要形容的人事物是**不定代名詞**，也就是代稱不明確人事物的 something（某事物）、anything（任何事物）、everything（所有事物）、nothing（無事物）等字，那麼**形容詞要放在它們的後面**。

- **I want something** new.
  我想要新的東西。

- **Do you have anything** valuable?
  你有任何貴重的東西嗎？

❷ 放在 Be 動詞之後

如果要用在句子裡**形容主詞所擁有的特徵**，這時就會把形容詞**放在 Be 動詞之後**。

- **Tina is** beautiful.
  蒂娜是美麗的。

- **Anne is** shy.
  安妮是害羞的。

- **The sky is** blue.
  天空是藍的。

- **Joseph is** handsome **and** smart.
  喬瑟夫是帥氣且聰明的。

❸ 形容詞的順序規則

有的時候句子裡不會只有一個形容詞，這個時候就必須特別注意句中形容詞的排列先後順序。

規則大致上就是說話者對被形容的人事物的**「主觀看法」會出現在「客觀事實」之前**，也就是個人意見相關的形容詞會先出現，例如美醜、好壞、大小、新舊等等，然後才會是客觀事實相關的形容詞，如位置、顏色、形狀、國籍等等。

下面我把一些常會被放在同一個句子裡的形容詞做了分類，大家透過例子，就能更理解形容詞的排列先後順序了。

順序	屬性	例句
先	主觀看法：美醜 beautiful 美麗的	Penghu is a **beautiful tropical** island. 澎湖是一個漂亮的熱帶島嶼。
後	客觀事實：所在位置 tropical 熱帶的	
先	主觀看法：大小 big 大的	A **big round** cake. 一個又大又圓的蛋糕。
後	客觀事實：形狀 round 圓的	
先	主觀看法：年輕與否 young 年輕的	Joseph is a **young white** man. 喬瑟夫是位年輕的白人男子。
後	客觀事實：人種 white 白人的	
先	主觀看法：有名與否 famous 知名的	Avril is a **famous Canadian** singer. 艾薇兒是一位知名的加拿大歌手。
後	客觀事實：國籍 Canadian 加拿大的	
先	主觀看法：舒適與否 comfortable 舒適的	A **comfortable yellow** wool sweater 一件舒適的黃色羊毛毛衣。
後	客觀事實：顏色 yellow 黃色的	
先	主觀看法：可愛與否 cute 可愛的	A **cute guiding** dog 一隻可愛的導盲犬。
後	客觀事實：功能 guiding 引導的	

也可以把這種先後順序想成是由「**形容詞和被形容的人事物間的關係緊密程度**」來決定的，例如 a big round table（一張大圓桌），其中 round（圓形的）決定了 table 的本質是「圓桌」，因此 round 和 table 之間的關係會比 big（大的）更為緊密，也就會離被形容的 table 更近。

另外，可以注意一下，我們一般**不會在一個句子裡加超過三個形容詞**，所以只要記得這個規則，多用幾次應該就不會有問題了。

Speak 這個時候可以這樣說！

雖然形容詞很好用，但有時會遇到單用形容詞無法表達出想表達的意思的時候，例如想要說「沒那麼漂亮」、「極度漂亮」時，只用形容詞就無法表達出「沒那麼」和「極度」，這時候就要**利用副詞**來表達了。

- 沒那麼漂亮
  → **not so** beautiful
- 極度漂亮
  → **extremely** beautiful

下面來介紹一些常見的形容詞與副詞的搭配用法。

 比較

relatively/comparatively＋形容詞
相對來說～

relatively（相對地，比較而言）和 comparatively（對比地）本身就帶有「**比較與相對**」的概念，通常會在**將兩個或三個以上的人事物**拿來比較，並要**就比較結果給出評價**時使用，例如：在家族內相對具有競爭力、和其他競爭對手相比更方便使用等等。

- **Misha is relatively competitive in the family.**
  米沙在家族中相對有競爭力。

- **The mobile application is comparatively user-friendly.**
  這個行動 App 相對來說很方便使用。

強調

rather/quite＋形容詞
頗～，相當～

　　rather（相當，頗）與 quite（相當，頗）意義差不多，在**用法上和 very 相似**，都是用來加強後方形容詞程度的副詞。

- **Miranda is <u>rather bossy</u> at the workplace.**
  米蘭達在工作的地方相當頤指氣使。

- **Patty was <u>quite quiet</u> during the meeting.**
  派蒂在會議上相當安靜的。

entirely/completely＋形容詞
完全～，徹底～

　　entirely 和 completely 都是「完全地」的意思，也可以理解成 100%，**語氣上比較誇張**，常常會用來形容一件事非常棒或非常糟。

- **The show was <u>completely awesome</u>!**
  那場表演徹底有夠棒！

- **The whole project is <u>entirely insane</u>!**
  這整個專案完全就是瘋了！

literally＋形容詞
不誇張～，確實～

　　literally 除了「確實地，不誇張地」之外，也有「**字面意義地**」的意思，所以可以想成是在**增加並強調後面形容詞的可信度**，這個表達方式在日常生活中經常用到。

- **Teresa was <u>literally gorgeous</u> with that dress on!**

  泰瑞莎穿那身洋裝確實超級漂亮！

- **Adam was <u>literally crazy</u> when he knew his wife was dead.**

  亞當在知道他太太死了之後確實是瘋了。

> **essentially＋形容詞**
> 實質上～；本來～

essentially（實質上；本來）這個字相對來講**比較正式**，通常會**在書寫時使用**。

- **The statement is <u>essentially wrong</u>.**

  這個論述本質上是錯的。

- **His behavior was <u>essentially unacceptable</u>.**

  他的行為本來就是不能被接受的。

推測

> **probably/possibly＋形容詞**
> 可能～

probably 跟 possibly 的中文翻譯雖然都是「可能～」，但是在推測的預期強度上有著差異。

possibly 是推測一件事情有可能會發生，不過並沒有認為這個可能性有特別高，所以 **possibly 更貼切的翻譯應該是「有可能地」**。另一方面，probably 不僅僅是推測一件事有發生的可能性，而且還認為這件事的發生可能性特別高，所以 **probably 應該要翻譯成「很可能的」**。

- **The woman was probably right.**

  那個女人很可能是對的。

- **The man was possibly wrong.**

  那個男人有可能是錯的。

apparently＋形容詞

顯然～，似乎～

apparently 的形容詞是 apparent（明顯的），當副詞時可用來表達說話者在**經過自行判斷後所得出的結果**，也就是**主觀的推測**。

- **The land is apparently deserted for a long time.**

  這塊土地顯然荒廢了很長一段時間。

- **The painting is apparently fake.**

  這幅畫明顯是假的。

Try it 試試看！

1. Martin is _____ the most handsome man here.

   馬丁確實是這裡最帥的男人。

2. You are _____ wrong.

   你很可能是錯的。

3. The new policy is _____ strict.

   新的政策相對嚴格。

Chapter 03

She is more beautiful.

比較美醜 & 八卦明星

P3_Ch3.mp3

Dialogue 開始進行對話！- -

 聊八卦必備的比較表達方式

A：Have you heard? Patty is retiring from modeling. She is **less beautiful than** before. It's no wonder, I guess!

B：That's just a rumor. You know, I think Mandy is **the prettiest** in our group of friends.

A：She is **the most attractive** one. I mean, she always gets the good-looking guys.

B：But, to be honest, I think you are **as stunning as** Mandy, and your dates are **far from** average. Actually, they are **much more handsome than** average.

A：Well, I'm **nothing more than** an everyday kind of girl. I do like handsome guys, but I value inner beauty **more than** looks.

B：You are **the most unique** girl I have ever met.

Ⅲ 中文翻譯 Ⅲ

A： 你聽說了嗎？派蒂打算要從模特兒業退休了。她不比從前美了。我想這也難怪啦！

B： 那只是個謠言啦。對了，我認為曼蒂是我們這群朋友裡最漂亮的。

A： 她是最迷人的那個。我是說，她總是能交到帥哥。

B： 不過，老實說，我覺得妳跟曼蒂一樣令人驚艷，而且妳的約會對象們一點都不普通。事實上，他們比普通要帥得多了。

A： 這個嘛，我只不過是一個平凡的女孩。我的確喜歡帥哥，但我重視內在多過外表。

B： 妳是我見過最獨特的女孩。

Grammar 對話裡的文法！

 Point
- **比較級**
- **最高級**

1. 表示「比較～」的比較級和表示「最～」的最高級

在對話時，如果遇到要把**兩個人、事或物拿來比較**的時候，就會需要用到**比較級**，來表達出這兩個被比較的名詞，**在程度、性質或等級上的高低之分**，也就是中文裡常講的「**比較～**」。

不過，若要比的**人事物是三個以上**，且又要描述在這些被拿來比較的人事物之中，哪個的**程度、性質或等級是「最～」**的時候，就會使用**最高級**。換句話說，不管是比較級還是最高級，核心概念都是「比較」。

- **Michelle is tall.** 蜜雪兒是高的。
  - → **Michelle is taller than Sherry.**
    蜜雪兒比雪莉高。〔比較的對象是兩個人在身高上的高低之分，使用比較級〕
  - → **Michelle is the tallest in the group.**
    蜜雪兒是團體中最高的。〔比較的對象是團體，也就是在三人以上的比較對象之中，比較出身高最高的對象，因此使用最高級〕

2. 比較級和最高級的形容詞／副詞變化規則

因為比較級和最高級比較的都是**程度、性質或等級**，例如高矮、胖瘦、美醜、多寡、快慢等等，所以只有前面學過的**形容詞和副詞**會用上比較級和最高級。

特別要注意的是，**句子裡的形容詞或副詞會因為使用比較級和最高級而發生變化**，變成「形容詞[副詞]比較級／最高級」的形態。

- **Alan is kind.** 艾倫是善良的。
  - → **Alan is kinder.** 艾倫是**比較**善良的。〔比較級〕
  - → **Alan is the kindest.** 艾倫是**最**善良的。〔最高級〕

- **Sandy is beautiful.** 珊蒂是漂亮的。
  - → **Sandy is** more **beautiful.** 珊蒂是**比較**漂亮的。〔比較級〕
  - → **Sandy is** the most **beautiful.** 珊蒂是**最**漂亮的。〔最高級〕

透過上面的例句就可以發現，「形容詞[副詞]比較級／最高級」的形態有著規則：

- 形容詞[副詞]**比較級**變化，會在字尾加上 **-er**，如果是多音節的字，則會在前面加上 **more**。

- 形容詞[副詞]**最高級**變化，會在字尾加上 **-est**，或者多音節的形容詞前加上 **the most**。

只要掌握上面這兩個規則，基本上就已經掌握了比較級與最高級形容詞和副詞的變化方式了。

不過，英文單字這麼多，還是會有少部分字彙的變化方式不屬於上面這兩種規則，然而只要把這些常用的不規則變化記下來，就能徹底掌握比較級和最高級的形容詞和副詞的變化方式了。

另外，因為比較級和最高級的形容詞及副詞變化的方法，在根本上相當相似，所以這裡會一併介紹。以下整理幾個常用的形容詞及副詞的變化規則：

❶ **以 e 結尾的單音節**大部分形容詞和副詞，**比較級**直接在字尾加上 **-r**，**最高級**則在字尾加上 **-st**

cute（可愛的）→ **cute**r（更可愛的）→ **cute**st（最可愛的）

large（大的）→ **large**r（更大的）→ **large**st（最大的）

nice（好的）→**nice**r（較好的）→ **nice**st（最好的）

❷ 以「**短母音（a,e,i,o,u）＋單子音（n,p,g,t）**」結尾的大部分單音節形容詞和副詞，**先重複字尾，比較級**要**加上 -er**，**最高級**則是**加上 -est**

hot（熱的）→ hot**ter**（更熱的）→ hot**test**（最熱的）

big（大的）→big**ger**（更大的）→ big**gest**（最大的）

fat（肥胖的）→ fat**ter**（更肥胖的）→ fat**test**（最肥胖的）

❸ 以「**d, l, n, p, r, s, t＋y**」結尾的雙音節形容詞和副詞，**先將字尾的 y 去掉，比較級**時加上 **-ier**，**最高級**則是加上 **-iest**

pretty（漂亮的）→ prett**ier**（更漂亮的）→ prett**iest**（最漂亮的）

silly（愚蠢的）→ sill**ier**（更愚蠢的）→ sill**iest**（最愚蠢的）

busy（忙碌的）→ bus**ier**（更忙碌的）→ bus**iest**（最忙碌的）

❹ **字尾是 -ed** 的形容詞和副詞，通常前面加上 **more** 就會變成**比較級**、加上 **most** 就會變成**最高級**

interested（有興趣的）→ more interested（更有興趣的）
→ most interested（最有興趣的）

excited（興奮的）→ more excited（更興奮的）
→ most excited（最興奮的）

tired（疲倦的）→ more tired（更疲倦的）→ most tired（最疲倦的）

❺ 不規則變化的形容詞和副詞

good（好的）→ better（更好的）→ best（最好的）

bad（差的）→ worse（更差的）→ worst（最差的）

many/much（多的）→ more（更多的）→ most（最多的）

3. 比較級和最高級的使用方法

下面分別介紹要怎麼在句子裡使用比較級和最高級。

❶ 比較級的基本用法

比較級最基本的用法就是「形容詞／副詞比較級＋than ～」，表示「比較～」，融合進句子裡就會變成：

名詞 1＋Be 動詞／become／get／感官動詞＋比較級＋than＋名詞 2

- **Your cat is cuter than my dog.**
  你的貓比我的狗可愛。〔Be 動詞＋比較級＋than〕

- **Simon looks busier than Alan.**
  賽門看起來比艾倫忙碌。〔感官動詞＋比較級＋than〕

- **The situation is getting more severe than before.**
  情況和之前相比越來越糟了。〔get＋比較級＋than〕

- **I become more mature now than 5 years age.**
  我現在變得比五年前成熟了。〔become＋比較級＋than〕

特別要注意的是，即使在中文翻譯上 get 與 become 都是「變成」的意思，但其實它們的意義卻不大相同，**get** 帶有「**逐漸變化**」的感覺，且相對而言沒那麼正式，而 **become** 則是「**已經產生變化**」的感覺，且也比較正式，因此除了考量當下的使用情境，在書寫時也會比較建議使用 become 而非 get。

❷ 最高級的基本用法

最高級的基本用法是「the＋形容詞／副詞最高級＋of/in ～」，表示「在～之中最～」的意思。最常見的句型表達方式是：

主詞＋Be 動詞／一般動詞＋the＋形容詞／副詞最高級＋of/in ～

- **Your cat is the cutest of all the pets here.**
  在這裡所有的寵物之中你的貓是最可愛的。〔Be 動詞＋最高級〕

- **Alex works the slowest in his team.**
  艾力克斯在他團隊裡工作得最慢。〔一般動詞＋最高級〕

特別要注意的是，在形容詞／副詞最高級後方加上 of/in 的介系詞片語，用意是要清楚表達這個最高級，**是在什麼樣的群體或範圍內進行程**

度、性質或等級的比較，也就是要利用 of/in 的介系詞片語來明確說明「**在～之中**」，在實際使用的時候，必須**依後面要接的對象**來選擇要用 in 還是 of。

- **in＋地點、範圍**
  - → 限定在**一個地點或範圍內**的對象之中，例如 in Taiwan（在台灣）、in the class（在班上）、in my school（在我的學校裡）、in her company（在她的公司裡）等等。

- **of＋三個以上的人事物**
  - → 限定在**一個由三個以上的人事物所組成的團體範圍**之內，例如 of five people（在五人之中）、of all the students（在所有學生之中）、of all the boys（在所有男孩之中）、of the students in my school（在我學校裡的所有學生之中）等等。

Speak 這個時候可以這樣說！

 表達偏好

英文動詞中存在著生來就帶有比較概念的動詞，這些動詞不需要比較級也能清楚表達出比較的意思。

其中最常見、但也最常被用錯的就是及物動詞 **prefer** 了，所以我們現在來好好學習要怎麼把 prefer 用得漂亮又自然吧！

prefer 在中文可以解釋為**「更喜歡，較喜歡；寧願，寧可；更願意，更希望」**，一般來說，prefer 經常與**介系詞 to** 搭配使用。

正確使用的話，就可以在不用到比較級的情況下，表達出將兩個人事物做比較的語意。

下面介紹兩種 prefer 最常見的用法。

人＋prefer＋人事物
某人更喜歡／更想要某人事物

　　prefer 的後面雖然經常與介系詞 to 搭配使用，不過也不是一定要接 to，單用 prefer 就可以**表達出一個人的意願或偏好，而沒有涉及兩個人事物的比較。**

　　這裡的 prefer 可以視為是 like ~ better（比較喜歡～）的意思。

- I **prefer** Japanese food.
  ＝I like Japanese food better. 我更喜歡日本食物。

- She **prefers** American men.
  ＝She likes American men better. 她更喜歡美國男人。

- Joseph **prefers** water.
  ＝Joseph likes water better. 喬瑟夫更喜歡水。

- Samantha **prefers** living in Kaohsiung.
  ＝Samantha likes living in Kaohsiung better.
  莎曼莎更喜歡住在高雄。

　　prefer 的名詞 **preference**（偏好）也是日常口語或書寫時常常用到的字。如果不想用動詞 prefer，也可以用 **sb's preference** 來表達「**某人的偏好**」。

- Living in Taipei is my **preference**.
  ＝I **prefer** living in Taipei. 我更喜歡住在台北。

- Taiwanese food is Emily's **preference**.
  ＝Emily **prefers** Taiwanese food. 艾蜜莉偏好台菜。

A prefer B to/over C
A 喜歡 B 多過於 C

在使用 prefer 的時候，一定要注意，不能因為 prefer 帶有比較的意味，就與比較級的 than 搭配使用，**能與 prefer 搭配使用的只有介系詞 to/over**。這是很多人在用 prefer 時常常會不小心用錯的地方。

除此之外，因為這裡的 **to 和 over 是介系詞**，所以**後方接的是一定會是動名詞**（名詞化後的動詞，也就是 Ving）或**名詞**，這點也是特別容易犯錯的地方，在使用 prefer 時務必要特別小心留意。

- He **prefers** blue **to/over** yellow.
  他喜歡藍色多過於黃色。

- I **prefer** Japan **to/over** Korea.
  我喜歡日本更勝於韓國。

- Mary **prefers** John **to/over** Joe.
  瑪麗喜歡約翰多過於喬。

- Joseph **prefers** reading **to/over** exercising.
  喬瑟夫喜歡閱讀多過於運動。

Try it 試試看！

1. The cat is _____.
   這隻貓更可愛。

2. This dog is _____ _____ _____.
   這隻狗是最美的。

3. I _____ water _____ beer.
   我喜歡水多過於啤酒。

Answer：1. cuter 2. the, most, beautiful 3. prefer, to/over

Part

04

想敘舊時
會用到的文法

My dog went missing!

談論過去發生的事

P4_Ch1.mp3

Dialogue 開始進行對話！-------------------------------

 Point 如何描述發生在過去的事情

A：My dog **went missing**!

B：Let's call the police. My kid **got lost** once. He **went to** the police station, and they **helped** him get home.

A：That sounds like a good idea. Let's go.

B：Where **did** your dog go missing?

A：It **was** in Shilin night market.

B：Then we better hurry up. Night markets are always crowded, so it will be hard to find him.

||| 中文翻譯 |||

A： 我的狗不見了！

B： 我們打給警察吧。我的小孩有次迷路了。他當時去了警察局，然後他們就協助他回家了。

A： 這聽起來是個好主意。我們走吧！

B： 你的狗是在哪裡不見的？

A： 那時是在士林夜市。

B： 那我們最好快點。夜市總是人潮洶湧，所以要找到他會很困難。

Grammar 對話裡的文法！

> **Point** ・過去簡單式
> ・過去進行式

　　當想要談論的事情「**已經發生**」或「**已經做過**」，那麼就必須要用**過去式**來表達。

　　特別要注意的是，當句子的時間點變成在過去的時候，**句子裡的動詞就必須隨之變化**，Be 動詞要變成 was（單數）、were（複數），一般動詞也要變成過去式的形態。

1. 想要談論在過去發生的事或做過的動作和狀態時，就會用過去簡單式。

　　當**事件、動作或狀態發生在過去時間點**，且這個事件、動作或狀態已經結束，那麼就會用上**過去簡單式**來表達。

- **I skipped the class last Friday.**
  我上個星期五翹課了。〔動作已結束，且「翹課」的動作和現在無關〕

- **They didn't join then.**
  他們當時沒有參與。〔動作已結束，且「參與」的動作和現在無關〕

- **I wasn't in the classroom that morning.**
  我那個早上不在教室裡。〔狀態已結束，且「在教室裡」的狀態和現在無關〕

　　可以看到使用過去簡單式的直述句（包含肯定和否定句），肯定句會使用**過去式動詞或 Be 動詞**，否定句則會用上**過去式助動詞 did 及表示否定的 not**，讓參與對話的人立刻就知道句子裡描述的動作或事件發生在過去的時間點，且已結束而和現在無關。

- **Were Alan at home last night?**
  艾倫昨天晚上在家嗎？〔詢問昨天晚上的狀態，與現在無關〕

- **Did you play the game?**
  你當時有玩那個遊戲嗎？〔詢問之前的動作，與現在無關〕

若是疑問句，則會將過去式 Be 動詞或過去式助動詞 did 放到句首，以 did 開頭的句子，後面出現的一般動詞會受助動詞影響而轉為原形。

另外，在過去式的句子裡**常會出現表示過去時間點的副詞或副詞片語**，例如 yesterday（昨天）、last night（昨晚）、last month（上個月）、last weekend（上個週末）等等。

- **I went to a nice restaurant last weekend.**
  我上週末去了一間好餐廳。

- **My mom bought me a bag of doughnuts yesterday.**
  我媽媽昨天買了一袋甜甜圈給我。

一般來說有幾個情況會使用過去簡單式：

A. 歷史事件

   歷史事件都是**發生在過去時間點且已經完結的事**，因此要用過去簡單式來描述。

   - **Columbus sailed to America in 1492.**
     哥倫布在 1492 年航行到了美洲。

B. 發生在過去的事實

   動作或事件發生在過去，且**已經完結、沒有任何動態在進行**，這時就會使用過去簡單式。

   - **Her dad died last year.** 她的爸爸在去年去世了。

C. 過去的習慣

   過去所養成的習慣，**現在不再有或是已不再這麼做了**，就會用上過去簡單式。

   - **I walked home from school every day when I was little.**
     我小時候每天都走路回家。

另外，英文裡有個很常用來表達這種情境的說法，就是「**主詞＋used to＋原形動詞**」，可以用來表達出「**在過去習慣於～**」的意思。

- **My sister** used to go **jogging every morning.**
  我姊姊以前每天早上都會去慢跑。

2. 過去進行式是用來表達「在過去的某段時間，該動作或狀態一直持續著」。

看到「進行式」就知道這是用來表達「正在進行的動作」或「正在持續的狀態」的表達方式，那麼「過去進行式」就是用來表達「**在過去某一時間進行的動作**」或「**在過去某一時間持續的狀態**」。

過去進行式的基本構成是：

主詞＋過去式 Be 動詞＋Ving＋過去時間點

- **I** was cooking **that night.**
  我那個晚上正在煮飯。

- **Jason** was shopping **last Friday.**
  傑森上週五正在購物。

不過，過去進行式的句子其實很少會單獨出現，通常**都會和其他描述當下事件的句子一起出現**，表達出「**當～的時候，正在～**」的意思。

- **I** was having **a dream when the alarm rang.**
  當鬧鐘響的時候，我正在做夢。

- **They** were waiting **for me when the accident happened.**
  當那場意外發生時，他們正在等我。

- **When I arrived, he** was having **a bath.**
  當我抵達時，他正在洗澡。

- **When the fire started, Joseph** was watching **the show.**
  當火災發生時，喬瑟夫正在看表演。

在使用進行式時要注意句子裡的動詞，不能使用無法持續進行的動詞，也就是說，如果是**瞬間完成的動作**，則**不能使用進行式**，例如 know（知道）、notice（注意到）、understand（理解）等等。

在日常生活中一定會碰到很多有趣的事，不過令人感到無聊的事也一定會有，這個時候知道要如何和別人表達自己的感受就很重要了。

下面我們就一起來看看要如何描述有趣或無趣的事情，我整理了許多用來形容無趣與有趣的相關表達方式，讓大家可以用更多元的方式來表達。

 真無聊！

They are such a bunch of bores.
他們真是無聊。
The event was really boring.
那個活動實在是太無聊了。

bore 本身在當名詞的時候，可以用來指「**無聊的人事物**」，不過 bore 也可以當動詞，表示「**使～感到無聊**」：

- **She bored us.**

  她使我們無聊。

bore 的過去分詞形態 bored 可以用來形容「**人覺得無聊**」。

- **She is bored.**

  她覺得無聊。

現在分詞形態的 **boring** 則是用在令人覺得無聊的人事物身上，最常用「人事物＋Be 動詞＋boring to...」來表達「**某個人事物對～來說覺得無聊**」。

- **She is <u>boring</u> to us.**

  她對我們來說很無聊。

> **These people are essential fossils.**
> 這些人本質上是老頑固。

<u>fossil</u> 最原本的意思是「化石」，所以如果用在人身上，就是把人和化石做類比，形容那些「**思想頑固**」、「**不知變通**」，也就是很保守的「**老頑固**」。

> **That activity was a yawn to me.**
> 那個活動無聊到讓我打瞌睡。

<u>yawn</u> 當動詞的時候是「**打哈欠**」的意思。

- **I <u>yawned</u> when the teacher talked.**

  當老師說話時，我打了哈欠。

而 **<u>yawn</u> 在名詞**時就是「**呵欠**」，所以當我們形容一件事情是 a yawn，就可以知道是在說這件事令人打哈欠，也就是形容這件事太無聊了，無聊到讓人想睡，也因此 **<u>yawn</u> 當名詞時就有了「無聊到令人想睡的事情」**的意思。

> **I am not trying to be a killjoy. But can we go home now?**
> 我沒有想當一個掃興的人。但我們現在可以回家了嗎？

這個句子裡的 **<u>killjoy</u>** 是「**掃興的人事物**」的意思，killjoy 從字面上特別好理解：「kill（殺掉）＋joy（樂趣）」，當樂趣被殺掉，一件事當然就會變得非常無聊了。所以當我們形容人事物是 a killjoy 時，就可以清楚知道這是在說這個人事物很掃興。

> **It's alright that I am a nerd. I don't care.**
> 我是個書呆子也沒關係啦。我不在乎。

上面這個句子裡的 nerd 是指那些「只會死讀書而沒有培養其他愛好的人」，也就是中文所說的「**書呆子**」。

在日常生活中如果想說別人是書呆子時，很常會用：

- **He/She is such a nerd.**

  他／她真是一個書呆子。

形容詞的 **nerdy** 則是指「**書呆子氣的**」或「**無趣的**」。

- **He is a nice guy, but he is kind of nerdy.**

  他是個好人，但有點書呆子氣。

nerd 或 nerdy 以往都只會用來形容男性，不過近幾年也越來越常用在女性身上了。

 太有趣了！

> **That sounds interesting.**
> 那聽起來真是有趣。

interesting（有趣的）是用來形容人事物「**令人覺得有趣的**」，最常用到的表達方式是「人事物＋Be 動詞＋interesting to...」，表達「**某個人事物對～來說有趣**」。

- **The vacation plan is very interesting to us.**

  這個度假計畫對我們來說非常有趣。

　　過去分詞的 **interested** 則是指「**人覺得有趣**」，形容的是感覺而不是人事物的屬性。最常用的句型是「人＋Be 動詞＋interested in...」表示「**某人對～有興趣**」。

- **Alan is <u>interested</u> in Science.**
  艾倫對科學有興趣。

　　interesting 和 interested 都是來自 interest（興趣；趣味性；感興趣的人事物）這個字，**interest** 本身也可以**當動詞**，意思是「**使～產生興趣**」。

- **The gossip they talked about <u>interested</u> us.**
  他們談論的八卦讓我們產生興趣。

That movie is intriguing but pretty predictable.
那部電影非常有意思，但劇情滿好猜的。

　　句裡的 intriguing（非常有意思的，引人入勝的）很常用來形容人事物「**具有不同凡響的魅力的**」或「**非常有意思而吸引人的**」，這裡所指的「有意思」是那種「**令人想要深入探究**」的感覺。

- **Alice has an <u>intriguing</u> personality.**
  愛麗絲的個性非常有意思。

　　過去分詞的 **intrigued** 則是描述「**人因為感到有趣而被吸引的**」的心情。

- **I was <u>intrigued</u> by the novel.**
  我被那本小說迷住了。

　　intriguing 和 intrigued 都來自於 **intrigue** 這個字的**動詞意義**「**引起～的興趣**」。

- **Her interesting demonstration <u>intrigued</u> us.**
  她有趣的示範引起了我們的興趣。

> **Joseph's course was the most riveting course that I have ever attended.**
> 喬瑟夫的課是我參加過最有趣的。

　　rivet 的意思是把注意力或目光「固定住」，所以 **riveting** 的意思就可理解成「某個人事物能夠讓人把注意力或目光固定住」，也就是這個人事物「**特別具有吸引力**」的意思。

> **It is entertaining to talk to Joseph.**
> 跟喬瑟夫說話是有趣的。

　　entertain 是「**使娛樂**」的意思，加上 -ing 字尾的 entertaining（具有娛樂性的），最常用到的就是「**人事物＋entertaining to...**」的句型，用來表達「**某個人事物對於～具有娛樂性的／有趣的**」，上面的句子裡用的就是這個句型。過去分詞的 entertained（感到被娛樂到的）則常以「**人＋Be 動詞＋entertained＋by...**」來表達「**某人被～娛樂到了**」。

- **Joseph is entertained by the clown.**
  喬瑟夫被小丑給娛樂到了。

> **This is incredibly fascinating.**
> 這真是太迷人了。

　　這個句子除了使用 fascinating（迷人的）之外，也可以使用其他意義相近的字，例如 **charming**（迷人的，有魅力的）、**enchanting**（迷人的，令人神魂顛倒的），而這些字其實都是 extremely interesting（極度有趣的）的意思。

Try it 試試看！

1. My dog _____ missing yesterday.
   我的狗昨天走失了。

2. That course is a bunch of _____.
   那堂課很無聊。

3. They were _____ for me that time.
   他們那時候正在等我。

I have been working...

分享過去的經驗

P4_Ch2.mp3

 Point 如何描述過去的經驗

A：I **have been** working as a software engineer at Google for over 5 years.

B：Impressive! Could you share your story about why you wanted to be an engineer?

A：Sure. I **had been** coding for years, and then I officially became an engineer 10 years ago. I **have been** fond of mathematics since childhood, and I did coding the first time at the age of 6.

B：Which characteristics do you think are the most important to help you achieve your goals?

A：I'm a determined person, and I'm not afraid of facing difficulties. **Persevering** is how I'm able to pursue my dreams regardless of endless challenges.

‖ 中文翻譯 ‖

A： 我已經在谷歌擔任軟體工程師超過 5 年了。

B： 真厲害！你可以分享一下你為什麼會想成為工程師嗎？

A： 當然。在我 10 年前正式成為工程師之前，我已經寫了很多年的程式。我從小就很喜歡數學，而且我第一次寫程式是在 6 歲的時候。

B： 你認為幫助你達成目標的最重要的特質是什麼？

A： 我是個有決心的人，而且我不害怕面對困難。儘管有無數的挑戰，堅持就是讓我能夠追逐夢想的關鍵。

 Grammar 對話裡的文法！

> **Point**　· **現在完成式**　　　　· **分詞**
> 　　　　　· **過去完成式**　　　　· **分詞構句**

1. 表達「從過去到現在」的現在完成式

現在完成式裡的「**完成式**」表達的是「**動作的完成或延續**」，而「**現在完成式**」表達的則是「**從過去持續到現在的狀態**」，這裡要特別注意的是，現在完成式所表達的是**和現在的狀態有關的內容**。

最基本的現在完成式句型是：

主詞＋have/has＋過去分詞

- **Stella has reviewed the report.**
  史黛拉審閱過了那份報告。

如果要表達「動作持續的時間」，可以在句子裡加上 for 或 since 來表達，**for 後面接「動作持續的一段時間」**，**since 則是接「動作開始的時間點」**，這樣一來句意就會更加明確。

- **Stella has reviewed the report for three months.**
  史黛拉審閱那份報告審了三個月。〔審閱報告的動作持續了三個月〕

- **Stella has reviewed the report since last month.**
  史黛拉從上個月開始審閱那份報告。〔審閱報告的動作從上個月開始持續到現在〕

否定句會在 have/has 的後面加上 **not**，可以省略成 haven't/hasn't。

- **Stella hasn't reviewed the report.**
  史黛拉還沒審閱那份報告。

只要將**主詞和 have/has 的順序互相調換**，就可以構成**疑問句**。

- **Has Stella reviewed the report?**
  史黛拉審閱過那份報告了嗎？

現在完成式最常被用來表達下面的三種語意：

❶ 表達「（已經）做了～」的完結語意

現在完成式可以表達出「**過去做的某個動作，到現在已經完成**」。如果在動作之前加上 **just** 則可表達這個動作「**才剛完成**」。

- **I have finished my homework.** 我已經把回家作業做完了。
  → **I have just finished my homework.**
  我才剛把回家作業做完。〔強調動作剛完成〕

❷ 表達「（至今）曾做過～」的經驗語意

過去進行的動作、發生過的事件，都會累積成**經驗**，進而對現在造成影響，就像是「**過去的人生成就現在的自己**」的感覺，只要利用現在完成式這種強調過去與現在狀態相連結的表達方式，就可以貼切表達。

- **Have you ever been to the United States?**
  你曾經去過美國嗎？

- **Carol has once dated with a celebrity.**
  凱蘿曾經和名人約會過。

❸ 表達「（至今一直）做～」的持續語意

當一個動作**從過去持續到現在，且未來有可能會繼續**的時候，就會使用現在完成式來表達。

- **I have been depressed for three months.**
  我已經覺得憂鬱三個月了。

- **How long have you stayed in Japan?**
  你待在日本多久了？

2. 表達「過去事件發生順序」的過去完成式

過去完成式通常用來表達發生在過去的兩件事情，**先發生的就使用過去完成式，後發生的就使用過去簡單式**。基本上，不會出現單獨使用過去完成式的狀況。

看看下面的例子就會更清楚了。

- **I went to the party last night.**
  我昨天晚上去了派對。〔後發生〕

- **I bought milk before going to the party.**
  我在去派對之前買了牛奶。〔先發生〕

改用過去完成式來表達這兩件事的先後順序，就會變成：

- **I had bought milk before I went to the party last night.**
  我昨晚在去派對之前先買了牛奶。

買牛奶和去派對這兩件事都發生在昨晚，也就是發生在「過去的時間」裡，但是「買牛奶」這件事**先於**「去派對」，所以必須用**過去完成式**，而**後發生**的「去派對」則要用**過去簡單式**。

過去完成式的基本句型是「**had＋過去分詞**」，在過去完成式的句子裡，所發生的事情、做的動作，全都發生在過去的時間點及更之前的時間點，所以**就算主詞是第 3 人稱單數，had 也不用做任何變化**。

- **The teacher had already given a quiz when Jim arrived.**
  當吉姆抵達的時候，老師已經開始進行小考了。
  〔主詞是第 3 人稱單數，仍然用 had〕

3. 用來補充說明的分詞

分詞是由動詞所「分化」出來、**帶有動詞與形容詞性質**的詞彙，能夠用來補充名詞的相關資訊，分詞有**現在分詞（Ving）和過去分詞（Ved）**這兩種類型。

❶ 現在分詞

在動詞的**字尾加上 -ing** 就可以形成**現在分詞**，現在分詞具有**形容詞**的作用（一樣是 Ving 形態的動名詞則沒有形容詞的作用），可以用來修飾後面的名詞，此外，由動詞分化而來的動名詞也可以表達「**正在主動做～**」的意思。

- **This is a dog.** 這是一隻狗。
  → **This is a barking dog.**
    這是一隻正在吠叫的狗。〔加上現在分詞 barking〕

就像上面的例子，原句裡只提到「一隻狗」，但沒有說明是怎麼樣的一隻狗，加上現在分詞 barking（正在吠叫的）修飾後面的 dog 之後，就得到了更多資訊，知道這是一隻正在吠叫的狗，而不是其他的狗。

特別要注意的是，現在分詞表達的是**名詞「正在自己做」的動作**，所以如果被修飾的名詞**處在接受動作的被動位置**，那就**不能使用現在分詞**來修飾。

- **The chaining dog is mine.**（✗）
    這隻被鏈起來的狗是我的。

就像上面這個句子，想要表達的是「被鏈起來的」狗，所以這裡的狗是接受「鏈起來」這個動作的名詞，處於被動位置，而不是正在主動做某個動作，因此這裡不能使用現在分詞。

❷ 過去分詞

一般來說，在動詞的**字尾加上 -ed**，就會形成**過去分詞**，不過，過去分詞的**變化方式**相當多變，這部分在前面講被動式的時候有仔細說明，可以翻回去再複習一下。

過去分詞（Ved）除了可以拿來當「**形容詞**」，也可以用來表達「**被動**」或「**動作已完成**」。

A.　做為「形容詞」：表示「**被做～的**」

- **Boiled water is safe to drink.**
  煮滾的水可以安心飲用。〔水是「被煮滾的」水〕

- **I found the town abandoned.**
  我發現那個小鎮被拋棄了。〔小鎮是「被拋棄的」小鎮〕

B.　表達「被動」：表示「**被做～**」

- **The dog was hit by his owner.**
  這條狗被他的主人打。

- **The bag was carried by a woman.**
  這個包包被一個女子拿著。

C.　表示動作已完成：用在完成式之中，表達「**完結**」、
　　　　　　　　　　「**持續**」、「**經驗**」

- **Have you done your homework?**
  你今天做完回家功課了嗎？〔表示完結〕

- **Have you seen the movie before?**
  你以前看過那部電影嗎？〔表示經驗〕

- **I have worked on the project for 3 months.**
  我已經做這個專案做了三個月。〔表示持續〕

4. 讓句子更精簡的分詞構句

　　我們現在知道過去分詞代表「被動」和「完結」，現在分詞則是「主動」和「正在進行」，且不論是過去分詞還是現在分詞都有著「形容詞」的功能。知道了這些基本概念，我們接下來就能開始了解能讓句子更加精簡的分詞構句了。

分詞構句就是利用分詞可以被用來對句子補充更多資訊的特性來改寫句子，**將使用相同主詞的兩個句子合併**，讓句子能夠在最精簡的狀態下提供更多資訊，透過下面的例子就能更理解分詞構句了：

- **I sat down, and I turned on the computer.** 〔原句〕
  我坐下然後把電腦打開。

　　原本的句子是利用連接詞 and 來連接前後兩個子句，且主詞都是 I，這個時候就可以透過分詞構句來讓句子變的更加精簡，分詞構句一般有三個步驟。

❶ 去除連接詞

　　這個句子裡的連接詞是 and，**先將 and 去除**。

❷ 去除相同主詞

　　前後兩個子句的主詞都是 I，而「sat down（坐下）」和「turned on（打開）」這兩個動作之中，「sat down（坐下）」是較早進行的動作，為後面的「turned on（打開）」**提供了進行動作的背景資訊**，因此會**去除 I sat down 這句的主詞** I。

❸ 判斷動詞要改成現在分詞（Ving）還是過去分詞（-ed）

　　「sat down（坐下）」是「**主動做的動作**」，因此要把 sat 改成**現在分詞** sitting。

　　在經過上面的三個步驟之後，句子就會變成：

- **Sitting down, I turned on the computer.** 〔經分詞構句後〕
  坐下之後我打開了電腦。

　　基本上，當前後兩個子句的主詞相同而不想重複這個主詞時，就可以用分詞構句來改寫句子，經過分詞構句後的子句，會變成一個**具有修飾作用的副詞子句**，為主要子句補充說明更多資訊。

　　分詞構句可以用來表示「**在～的時候**」、「**因為～**」、「**一邊～一邊～**」等意義，在理解句意的時候，必須透過**分詞表達的是主動還是被**

動，以及**前後兩個子句間的關係**來判斷，才能準確解讀。

我們再來看一個例子吧！

- **He was called by his boss, so he stood up and answered the phone.** 〔原句〕
  因為他老闆打電話給他，所以他站起來接電話。

按照上面的三個步驟，先把連接前後兩個子句的 so 除去，再把相同的主詞 he 去掉，並判斷原句中先發生、且為背景資訊的是前句 He was called by his boss，因此要將這句話以分詞構句來修改，且因為這句話是被動式，必須使用過去分詞來修改。

經過分詞構句之後，句子就會變成：

- **Called by his boss, he stood up and answered the phone.**
  〔經分詞構句後〕

Speak 這個時候可以這樣說！

　　在和別人分享自己的經驗時，常常會提到自己一直抱持著的人生目標和理想，接著再和對方分享自己受到理想和目標所驅動，進而體驗過的各種經驗或達成的各項成就。

　　下面介紹三種與描述人生目標和理想相關的表達方式。

 一直都想要做

I have always wanted to...
我一直以來都想要做～

「I have always wanted to...」的句子，從文法上來看就是我們這章說明的「現在完成式」，表達的是「**從過去開始想要～直到現在**」，這裡出現了頻率副詞 always（一直，總是）來強調「想要～」的狀態是一直以來都存在著的。這個句子無論是口語還是書面，都是相當好用和常用的表達方式。

- **I have always wanted to be a pilot.**
  我一直以來都想要當一位機師。

使用時也可以隨當下情境變換句子的主詞。

- **She has always wanted to be a model.**
  她一直以來都想要成為一位模特兒。

這個句型也可以透過連接詞來用在其他句子之中。

- **I heard (that) you have always wanted to be an engineer.**
  我聽說你一直以來都想要當一位工程師。

 **設定目標**

set a goal for...
為～設定目標

　在和別人分享自己的目標設定時，「set a goal for...」是最常用到的表達方式，句子裡的 goal 可以隨著當下情境的不同，以及個人的需求而替換，下面是一些與「目標」相關的單字，它們在實際意義上都有著些微的不同，使用上要特別注意。

單字	詳細字義
goal	經過考慮與選擇，必須**透過堅持不懈的努力奮鬥**才能達到的**最終目標**。
aim	偏重較**具體且明確的目標**，常常指**短期目標**。
purpose	心中非常渴望得到的**實際目的或標的**。
target	原本指的是射擊的靶、軍事攻擊的目標，後來常在描述**被攻擊、批評或嘲笑的目標**時使用。
object	特別強調是因**個人需求**而定下的目標或目的。
objective	基本上和 object 的意思差不多，不過語意上更廣泛，指**具體或很快能夠達成的目標**。

- I have to **set a goal** for this new year.

  我必須要替這新的一年設立目標。

- She wants to **set a purpose** for her career.

  她想要替自己的職涯設定一個標的。

下定決心

be determined to...
決心要做～

　　determine 這個字本身就是「下定決心」的意思，在字尾加上 -ed 變成過去分詞後，就成為形容詞「下定決心的；堅定的」，「be determined to...」是在描述「**打定主意要去做某事**」時

最常用到的表達方式，而英文裡與決心相關的常用單字和表達方式還有 decide 及 make up one's mind。

單字	詳細字義
determine	決心、意志都很堅定，在任何情形下都**不會產生動搖**的決定。
decide	經過深思熟慮後，**在各種選項或可能性中做出選擇**。
make up one's mind	在考慮過後**做出了選擇**，並**堅定意志、下定決心去達成**。

- **I am determined to lose weight this year.**
  我今年決心要減重。

也可以利用 decide 和 make up one's mind 來表現自己的決心。

- **Teresa decides to learn English.**
  泰瑞莎決定要學英文。〔在各種語言之中，選擇學習英文〕

- **Tony makes up his mind to quit smoking.**
  東尼下定決心要戒菸。〔在考慮過後做出選擇，並決心要實踐〕

Try it 試試看！

1. Have you _____ your story with reporters?
   你曾跟記者分享過你的故事嗎？

2. When I arrived home, my sister _____ _____.
   當我回到家，我妹妹已經睡了。

3. _____ by the police, he answered the phone and described the crime scene.
   警察打給他，他接了電話並描述了犯罪現場。

Part
05
談論未來時
會用到的文法

Chapter 01

What will you do this weekend?
談論休假計畫

P5_Ch1.mp3

Dialogue 開始進行對話！ --------------------------------

Point 如何描述自己的休假安排

A：Hi, Joseph! What **will** you **do** this weekend?

B：I think I **will do** some shopping this weekend. What about you?

A：I **will be flying** to Paris on Saturday.

B：Why **are** you **going** there?

A：I **am going to** go on a vacation and relax a little bit. Do you want to come with me? I **will visit** some famous museums. I think you **will love** them!

B：That's a good idea. I haven't taken a vacation since last summer. I'm **going to** check my schedule right away!

∥中文翻譯∥

A： 嗨，喬瑟夫！你這週末要做什麼？

B： 我想我這週末會去買點東西。你呢？

A： 我星期六會飛去巴黎。

B： 妳為什麼要去那裡啊？

A： 我打算去度假放鬆一下。你想跟我一起去嗎？我會去一些知名的博物館。我覺得你會喜歡它們的！

B： 這真是個好主意。我在去年夏天之後就沒度過假了。我現在立刻去確認我的行程！

- 未來簡單式
- will 和 be going to
- 未來進行式

1. 未來簡單式

當要講到**發生在未來時間點的動作或事件**時，就會用到**未來式**。未來簡單式可以用來表達「**未來可能發生的事**」或「**未來想要做的事**」。

未來簡單式最基本的句子架構是：

主詞＋will＋原形動詞／Be 動詞

- **I will go to the art gallery tomorrow.**
  我明天會去美術館。

- **My father will pick me up this afternoon.**
  我爸爸今天下午會來載我。

- **They will be here next week.**
  他們下週會來這裡。

就像上面例句所呈現的，無論句子的主詞是什麼、是單數還是複數，在 **will 後面出現的動詞或 Be 動詞都會是原形**，且可以在句尾加上時間、地點等副詞或副詞片語，讓句子能表達出更多資訊。

未來簡單式的**否定句會在 will 之後加上 not**，will not 可以縮寫成 won't。

- **I will not（＝won't）be with you tomorrow.**
  我明天不會和你一起去。

- **The students will not（＝won't）go to the field trip next Friday.**
  學生們下週五不會去校外教學。

- **Sam will not（＝won't）go out this weekend.**
  山姆這週末不會出去。

只要把 will 或 won't 搬到句首，就可以構成疑問句或否定疑問句。

- **Will you go to the party?**
  你會去那場派對嗎？

- **Won't you go with me?**
  你不是會和我一起去嗎？

❶ 表達未來可能發生的事

「**will＋原形動詞**」會用來表達未來可能發生的事或做的動作，不過這裡的未來充滿了不確定性，也就是**句子裡面提到的內容都是有可能變動的**。

這是因為在 will 的句子裡說要做的動作，不是那些經過計畫且很快就要進行的動作，而是「**臨時決定**」或「**離真正進行還有一段時間**」的動作。

另外，在表達「**不確定的預定事項**」或「**沒有根據的預測**」的時候也可以使用 will。

- **I will go shopping tonight.**
  我今天晚上會去購物。〔但最後有可能不會去〕

- **It will snow tomorrow.**
  明天將會下雪。〔無法確定一定會下雪〕

- **The sun will rise soon.**
  太陽很快會升起。〔無法確定一定會很快升起〕

- **The birds will sing in the morning.**
  鳥兒們會在早上唱歌。〔無法確定一定會唱歌〕

❷ 表達未來想要做的事、意願

will 這個字當**名詞**時本身就有「**意願；意志**」的意思，當**助動詞**時也可以用來表達**個人的意願和意志**。

- **Joseph will do the job for you.**
  喬瑟夫會為你做這項工作。

- **She won't wash the dishes.**
  她不會洗這些碗盤的。

- **We will pay for the meal.**
  我們會付那餐的錢。

2. will 和 be going to

未來簡單式除了使用「will＋動詞原形」這個句型之外，也可以使用「**Be 動詞＋going to＋原形動詞**」的句型。

主詞＋Be 動詞＋going to＋原形動詞

- **I am going to go to the shopping mall tomorrow.**
  我明天會去那間購物中心。

- **Sandy is going to go picnicking this weekend.**
  珊蒂這週末要去野餐。

- **My parents are going to meet me tonight.**
  我父母今天晚上要和我見面。

特別要注意的是，這裡的 Be 動詞必須隨著主詞的改變而變化，但在 to 之後的動詞都是原形，不用跟著改變。

這個句型用來表達的是「**最近發生的可能性很高**」或「**已經確定會去做的事**」，而如果用這個句型來做「預測」，那麼這種預測會是「**有根據的預測**」，而不是像使用 will 的句子那樣，帶著那麼大的不確定性。

下面我們就來比較看看 will 和 be going to 的差別吧！

❶ 有計畫性或發生可能性高會使用 be going to，反之會使用 will

be going to 通常會用在「**早已經有計畫**」或「**已經決定好了**」的情況，而 **will** 則會用在「**在講話的當下才下的決定**」或「**對於一件事情沒有非常明確的計畫**」的情境。

下面拿「我在未來會去購物」的句意來舉例：

- **I am going to shop.** 我要去購物。
  〔通常是指在很近的未來，已經計畫好要去購物了，也就是已經有確切要去購物的未來時間點〕

- **I will shop.** 我會去購物。
  〔通常是指在長時間的未來之中，預計會去購物，但沒有確切要去購物的時間點〕

我們再看一個例子，這次拿「我在未來會去看醫生」的句意來舉例：

- **I am going to see the doctor.** 我要去看醫生。
  〔已經計畫好什麼時候要去看，甚至已經掛好號了，且很快就要去看醫生〕

- **I will see the doctor.** 我會去看醫生。
  〔僅模糊的表示自己在未來的某個時間點會去看醫生，但沒有確定的時間點〕

❷ 有把握的推測用 be going to，沒有把握的猜測用 will

will 與 be going to 兩者都可表達對未來的預測。但是 **will** 偏向「**猜測**」或「**給意見**」；然而運用 **be going to** 所做出的預測，則會是「**有根據且更有把握度的推測**」。

可以想成：對未來的預測比較有把握時，使用 be going to；若是沒有根據、偏向猜測且變動性大時，使用 will。

- **It is cloudy outside, I think it is going to rain shortly.**
  外面天氣很陰，我想很快就要下雨了。
  〔因為天空中有很多雲、天氣很陰，所以合理推測很快就要下雨了〕

- **Though Jason didn't say anything, I still think he will come to the party.**
  雖然傑森什麼都沒說，但我還是認為他會來這場派對。
  〔毫無根據的推測對方會來〕

❸ 表達請求、協助和承諾使用 will

有著「**意願；意志**」意思的 **will**，可以用來表達**請求、協助和承諾**，而將重點放在「**有計畫而即將行動**」的 **be going to** 則不適合。

看看下面的例子就會更加清楚了。

A：I am going to Beijing this weekend. Will you help me take care of my cat?

我這週末要去北京。你可以幫我照顧我的貓嗎？

B：Sure. I will take care of him.

好啊，我會照顧他。

A 先說自己週末要去北京，這裡明顯是一個**經過計畫、即將進行**的動作，所以會使用 **be going to** 的句型，但 A 接下來是想「**請求**」B 協助自己，所以會使用 **will** 來徵詢 B 的意願，而 B 的回答也是要**表明自己的意願**，所以也會用 **will**。

如果這時 B 使用 be going to 的句型，回答 I am going to take care of him，句子的意思就會變成「我要去照顧他」這種不對勁的回答。

❹ 發生在未來的事實用 will

未來必然會發生的事實，例如人口不斷成長、氣溫上升、明天的太陽升起等等，都會用 will 表達，而不能使用 be going to。

• **The sun will still rise tomorrow.**

太陽明天依然會升起。

• **The population will grow in the future.**

人口在未來會成長。

• **The recession will come.**

衰退會到來。

3. 未來進行式

未來進行式表達的是「**在未來的某個時間點，某一動作應該會正在進行或持續中**」，和單純使用「will＋原形動詞」的未來簡單式相比，會更適合用來表達發生可能更高、更加確定的預定計畫。

未來進行式的基本句型是由「**will ＋ Be 動詞＋現在分詞（Ving）**」所構成。

- **Alice will be moving out next Friday.**
  艾莉絲下星期五會搬出去。

- **Sunny will be studying in the library tomorrow afternoon.**
  桑妮明天下午會在圖書館裡念書。

- **The students will be having a field trip on March 13.**
  學生們會在 3 月 13 日去校外教學。

從例句中可以明顯觀察到，未來進行式的句子裡出現的**時間點都特別明確**，且動作會在該時間點持續進行中。

未來進行式的否定句和未來簡單式一樣都是在 will 之後加上 not，且 will not 可以縮寫成 won't，疑問句或否定疑問句的構成方式也和未來簡單式相同，都是把 will 或 won't 移到句首就可以了。

- **We will not be leaving for London next Monday.**
  我們下週一不會前往倫敦。

- **Will you be waiting for me when my plane arrives tomorrow?**
  明天我飛機到的時候，你會在等我嗎？

特別要注意的是，**未來進行式裡的 will 沒有徵求對方同意或是請求等表示意志的意思**，因此同樣都是 Will you ...? 開頭的句子，使用未來進行式的那句只是單純詢問而已，沒有其他涵義。

- **Will you come to my birthday party next Saturday?**
  你會來我下星期六的生日派對嗎？〔帶有邀請意味〕

- **Will you be coming to my birthday party next Saturday?**
  你下星期六會過來我的生日派對嗎？〔單純詢問對方的行程〕

Speak 這個時候可以這樣說！

能夠在週末做的活動，不外乎就是運動和不是運動的其他活動，我們接下來就用這兩大分類、搭配**萬用的 This weekend I will... 句型**，來看看要怎麼說才最恰當。

 運動類

> **This weekend I will play tennis.** 這個週末我會打網球。
> **This weekend I will go surfing.** 這個週末我會去衝浪。
> **This weekend I will do yoga.** 這個週末我會去做瑜珈。

從這三個句子來看，就可以知道**不同的運動項目必須搭配不同的動詞**，下面我把三個最常用的動詞 play、go、do 和會和它們搭配使用的運動項目做了整理。

主題句型	使用動詞及意義分類	運動項目
This weekend I will...	**play** → **球類**運動或**分隊競賽**的項目	baseball（棒球）、tennis（網球）、basketball（籃球）、pool（撞球）、American football（美式足球）、rugby（英式橄欖球）、golf（高爾夫球）、volleyball（排球）、football＝soccer（足球）、badminton（羽毛球）
	go → **可個人單獨從事**，不一定會進行比賽，以**動名詞（Ving）**的形態出現	bowling（保齡球）、mountain climbing（爬山）、hiking（健行）、fishing（釣魚）、golfing（高爾夫球）、jogging（慢跑）、swimming（游泳）、surfing（衝浪）、skiing（滑雪）、biking（騎自行車）

This weekend I will...	**do** → 重點放在**身體動作、不需要太多器材裝備**的運動，不一定會進行比賽，可團隊但也可單人進行的運動項目	yoga（瑜珈）、aerobics（有氧運動）、karate（空手道）、kung fu（功夫）、wrestling（摔角）

非運動類

This weekend I will have a feast with my family.
這個週末我會和家人吃大餐。
This weekend I will go to the movies with my classmates.
這個週末我會和同學去看電影。
This weekend I will drink at a bar.
這個週末我會去酒吧喝酒。

運動類的活動多半都可以用 play、go 和 do 這三個動詞來表達，**非運動類的活動則必須按照情境來使用不同的動詞**，一起來看看在相同的主題句 This weekend I will... 下，可以有哪些不同的變化吧！

- drink tea 喝茶
- chat online 線上聊天
- get a massage 去按摩
- do housework 做家事
- do puzzles 做解謎遊戲
- drink coffee 喝咖啡
- listen to music 聽音樂
- play computer games 玩電腦遊戲

- play mahjong 打麻將
- read a book 看書
- read a comic 看漫畫
- read a magazine 看雜誌
- relax 放鬆
- take a course 上課
- take photos 拍照
- visit night markets 去夜市
- visit friends 拜訪朋友
- watch TV 看電視
- watch a movie（＝go to the movies）看電影
- have a feast 吃大餐
- drink at a bar 去酒吧喝酒
- have a movie marathon 進行電影馬拉松
- cook a meal 煮飯
- bake cookies／cupcakes／bread 烤餅乾／杯子蛋糕／麵包

　　這些活動的之後可以利用「**介系詞 with＋對象**」，表達是和誰一起進行活動，也可加上地名或特定時間，讓句子能傳達出更多資訊。

Try it 試試看！

1. What _____ you do this weekend?
   你這週末會做什麼？

2. I _____ _____ _____ see the doctor tomorrow.
   我明天要去看醫生。

3. By this time tomorrow, I _____ _____ _____ tennis.
   明天的這個時候，我會在打網球。

Answer：1. will　2. am, going, to　3. will, be, playing

Chapter 02

I will have bought a house...

描述未來的生活藍圖

P5_Ch2.mp3

Dialogue 開始進行對話！

Point 如何描述自己的未來規劃

A：I **will have graduated** by this time next year. Here is my goal for the future: I **will have bought** an apartment in Taipei 10 years from now.

B：Well, that's very difficult, but it sounds achievable if you have a nice and stable income. When you buy your apartment, I **will have been renting** a house in Taipei for over 10 years.

A：What do you plan to achieve in 10 years?

B：10 years from now, Serena and I **will have been married** for over 5 years with at least 2 kids.

A：Oh, I see. You are more into family life.

B：Plus, by that time I **will have been investing** in stocks for over 20 years, so maybe I will buy an apartment at that time, too.

‖ 中文翻譯 ‖

A： 我明年到這個時候就會畢業了。我未來的目標是這樣：我 10 年後就會已經在台北買一間公寓了。

B： 嗯，這非常困難，不過如果你有很好又穩定的收入的話，聽起來是可以達成的。等到你買公寓，我就會已經在台北租房子租超過 10 年了。

A： 你計劃在 10 年內達成些什麼呢？

B： 10 年後，賽琳娜跟我就會已經結婚超過五年且至少有兩個小孩了。

A： 噢，我了解了。你更在乎家庭生活。

B： 還有，我到那個時候就已經投資股票超過 20 年了，所以也許我那個時候也會買一間公寓。

Grammar 對話裡的文法！--------------------

 ·**未來完成式**
·**未來完成進行式**

----

1. 表達未來預定會發生／完成的未來完成式

　　把未來式和完成式結合在一起，就會構成**未來完成式**，表達的是「**在未來的某一個時間點，就已經完成了某個行為／發生了某件事**」。

　　光看文字有點不好懂，先直接看個例句、抓個感覺吧！

- **I will have worked here for four years next week.**
  我到下個星期就在這裡工作四年了。

　　透過上面的例句，可以知道未來完成式的句型是由未來式的「will」和完成式的「have＋過去分詞」所組成的，也就是：

主詞＋will＋have＋過去分詞...＋時間點

　　例句裡出現的時間點是 next week（下星期），前面的 for four years（四年的時間）則是持續進行 have worked here（在這裡工作）這個動作的時間，因為完成動作的時間點 next week（下星期）還沒到，所以在完成式的前面加上了 will。

也就是說，未來完成式表達的是：

從現在到未來的某個時間點，在這段期間內——

❶ 某個動作或行為會完成
❷ 某個狀態或動作會持續
❸ 會得到某種經驗

下面我們就來看看要怎麼用未來完成式來表達這三種語意吧！

❶ 某個動作或行為預定會在未來的某個時間點完成

- I will have finished my homework by the time my friend comes.
  到我朋友來的時候，我就會做完我的作業了。
  〔利用「by the time＋子句（到～的時候、在～以前）」表達出具體的未來時間點〕

- I will have finished my work by next Friday.
  我在下禮拜五以前就會完成我的工作了。
  〔利用「by＋時間點（在～以前）」表達出具體的未來時間點〕

- I will have read the report tomorrow afternoon.
  我到明天下午就會看完那份報告了。
  〔具體的未來時間點是 tomorrow afternoon（明天下午）〕

❷ 狀態或動作持續到未來的某個時間點

- I will have lived in the US for a year when my grandma visits me.
  等到我奶奶來看我，我就會已經在美國住一年了。
  〔live（居住）的動作持續到奶奶到來〕

- I will have taught math for 20 years by October 2021.
  我到 2021 年的十月就已經教數學教了 20 年了。
  〔teach（教學）的動作持續到 2021 年的十月〕

- My parents will have been married for 40 years by next year,
  我父母到明年就已經結婚 40 年了。
  〔married（結婚了的）的狀態持續到明年〕

❸ 到未來的某個時間點的時候，就會得到某種經驗

- **If I watch the movie one more time, I** will have watched **it five times.**
  如果我再看一次這部電影的話，我就已經看過五次了。
  〔具體未來時間點是「再看一次」的時候〕

- **I** will have visited **the museum three times if I go with you.**
  如果我和你一起去，我就去過那間博物館三次了。
  〔具體未來時間點是「我和你一起去」的時候〕

- **Susan** will have been **the class leader again if they vote her.**
  如果他們投她的話，蘇珊就會再當一次班長。
  〔具體未來時間點是「他們投她」的時候〕

2. 強調動作會一直持續進行到未來時間點的 未來完成進行式

未來完成式會用來表達「從現在到未來的某一個時間點，狀態或動作持續」，但若想要強調這個動作或狀態「**正在且不斷進行到某一未來時間點**」，那就必須使用**未來完成進行式**。

將未來完成式裡的**過去分詞改成 been Ving**，就會是未來完成進行式的基本句型：

主詞＋ will **＋** have **＋** been Ving **＋時間點**

- **I** have been waiting **for the opportunity for 10 years by the end of the year.**
  我到今年年底的時候，就已經等待機會等了 10 年了。
  〔強調 wait（等待）的動作到今年年底都未曾間斷〕

- **I** will have been studying **physics for more than 15 years when I get my doctor's degree.**
  等我拿到我的博士學位，我就已經鑽研物理超過 15 年了。
  〔強調期間 study（鑽研）的動作未曾間斷〕

- **I will have been working on the project for a whole month on April 3.**
  我到 4 月 3 日就處理這個專案處理了一整個月了。
  〔強調期間 work（處理）的動作未曾間斷〕

Speak 這個時候可以這樣說！

　　在和別人描述自己的未來目標或是規劃生活前景的時候，一定都會用到動詞來表達「成功」或「失敗」，藉此描述自己在達成這些目標上所會遇到的各種狀況。

　　然而在不同情況下，就必須使用不同的字，才能表達得更貼切和好懂，一起來看看吧！

 ### 成功達成目標

　　用來描述成功達成目標的單字有很多，其中最常用的就是 **accomplish**、**complete** 和 **finish**。

> **They accomplish the goal perfectly this year.**
> 他們今年完美達成目標了。
> **I have managed to accomplish the mission.**
> 我已設法達成了任務。

　　accomplish 這個字的意思是「**完成，達成，實現**」，後面一般會接任務、使命、目標等**抽象的名詞**。

　　下面一併介紹一些用來感謝人幫助自己完成目標時常說的話。

> **I can't accomplish the task without you.**
> 沒有你的話我就無法完成這個任務。
> **Thanks to you, I have accomplished the goal effortlessly.**
> 多虧了你,我輕鬆達成了目標。

accomplished effortlessly(輕鬆達成)是一個很常見的表達方式,可以直接記下來。

> **I will have completed the building design of my own house next year.**
> 我明年會完成我自己房子的設計圖。
> **The project I have completed was really difficult, luckily, I had some great help to help me.**
> 我完成的企劃真的很困難,還好,我有一些很棒的人手來幫我。

complete 這個字如果單看中文字義「**完成,完結**」,會以為 complete 和 accomplish 的用法相同,但透過上面的句子就可以知道,complete 的後面通常會接**更具體的事物**,例如建築的設計、工程、專案等等。

> **Eric will have completed buying his own house next month.**
> 艾瑞克到下個月就會買好他自己的房子。

complete 能夠完成的不只是具體的事物名詞,後面也可以接**以動名詞呈現的具體動作**,就像上面句子裡的 buying。

> **I have finished buying my first car last year.**
> 我去年買了我的第一輛車。
> **I'm going to finish the courses for the certificate 6 months later.**
> 我在六個月會上完證照的課程。

同樣表示「**結束,完成**」,finish 的後面要接**名詞**或**動名詞**,另外,目標不論具體與否都可以使用 finish 這個字。

> **I'm trying to finish a whole bottle of wine, but it's too much.**
> 我試圖要把一整瓶紅酒喝完,但太多了。

　　finish 也可以用來表示「**吃完,喝完**」,後面可以直接加上食物或飲料的名稱。

🔊 達成目標失敗

　　在英文裡,當無法順利完成目標時,**fail**、**flunk** 和 **lose** 這三個單字是最常用到的,雖然它們都和「失敗」有關,但不管是意義還是用法都不大一樣,一起來看看吧。

> **I have tried to persuade him, but I failed.**
> 我曾試圖要說服他,但我失敗了。
> **I failed to finish the report in time.**
> 我沒能及時完成報告。

　　fail 很常用來表達「**試圖去做某事,但力有未逮**」的情況,也就是雖然有做過努力,但最後結果仍然不符預期時,就可以使用 fail。

> **I failed my driving test.**
> 我沒考過駕照。
> **As much as I love history, I still failed my history midterm.**
> 雖然我很愛歷史,我的歷史期中考還是不及格了。

　　除了力有未逮而失敗之外,fail 也可以用來表示「**考試不及格**」或「**未通過或取得資格**」。

Danny flunked the exam.
丹尼考試不及格。
Unfortunately, I flunked my math this semester.
不幸的是，我這學期的數學不及格。

　　flunk 和 fail 一樣，都是「**不及格**」的意思，但 flunk 除了用在考試之外，也可以指「課程／科目不及格」，也就是我們常說的「**被當掉**」。

I have to study harder; otherwise, I will flunk out of school.
我必須更努力念書，不然我會被退學。

　　flunk out 是很常用的慣用表達，表示「**因成績不佳而被退學**」。

Allen has flunked the opportunity.
艾倫已經放棄了那個機會。

　　除了與成績相關的表達，表達「**放棄機會**」的 **flunk the opportunity/chance** 也很常用。

Losing the game was really painful.
輸了比賽真的很痛苦。
We have had tried really hard, but we still lost the competition.
我們之前真的很努力，但還是輸掉了比賽。

　　lose 所指的失敗，是指「**在比賽中競爭失敗**」，如果不是與競賽相關的情境，則不能用 lose。

> **Let's give it a try. After all, we have nothing to lose.**
> 我們試試吧。畢竟我們沒有可失去的東西。
> **I lost my wallet on the train yesterday.**
> 我昨天在火車上掉了皮夾。

　　lose 除了競爭失敗的意思之外，還有「**失去；丟失**」的意思，**過去分詞的 lost** 很常被拿來當作**形容詞**，修飾後方的各種名詞，例如 a lost game（一場輸掉的比賽）、a lost opportunity（一個失去的機會）等等。

Try it 試試看！

1. I _____ _____ _____ _____ the research for 10 years by next year.
   我到明年就做這項研究做 10 年了。

2. By the time she arrives, I _____ _____ _____.
   到她抵達的時候，我就會已經離開了。

3. Sandy _____ _____ _____ _____ in this company for 5 years next month.
   珊蒂到下個月就在這間公司工作 5 年了。

Part

06

盡情發問時
會用到的文法

Dialogue 開始進行對話！ - - - - - - - - - - - - - - - - - - -

> **Point** 如何表達自己擅長什麼

- -

A：Hi, Joseph! What exercises are you good at?

B：I **can** swim and dance. Speaking of exercise, **could** you please let me join your baseball team this weekend? My department is going to hold a baseball game next

month, but I **can** barely remember how to play.

A：Sure. But I remember you **could** play baseball well when you were in college, **couldn't** you?

B：Yeah, but time **can** take away everything, including my memory of baseball rules.

A：I **can** relate to that. Let's play this weekend, and I bet you **can** get your memory back very quickly!

||| 中文翻譯 |||

A： 嗨，喬瑟夫！你擅長什麼運動啊？

B： 我會游泳跟跳舞。說到運動，這週末可以請你讓我加入你們的棒球隊嗎？我們部門下個月打算要辦棒球比賽，但我幾乎不記得要怎麼打了。

A： 當然好。但我記得你大學時棒球打得很好啊，不是嗎？

B： 是啊，但時間可以帶走一切，包括我對棒球規則的記憶。

A： 我懂你意思。我們這週末一起打吧，我敢說你很快就會回復記憶了。

Grammar 對話裡的文法！

> **Point** ‧各式各樣的 **Can/Could 用法**

can 和 **could** 可以說是生活中最常用到的助動詞之一，通常用來表達「**會，能夠，可以；有可能**」等意義。

雖然 could 可以簡單理解成是 can 的過去式，不過 could 也有自己的獨特用法，例如**表達委婉或不確定的語氣**。下面就來看看 can 和 could 可以用來表達些什麼，且要怎麼用才會正確又道地吧！

1. 表達「會，能夠，可以；有可能」的 can 和 could

- **I can dance.**
  我會跳舞。

- **Not all birds can fly.**
  不是所有的鳥都會飛。

- **I can pay the bills after I get my paycheck.**
  在收到薪水之後，我就能付帳單了。

特別要注意的是 **can 的否定形態**，雖然 can 的否定形態也是在後面加上表否定的 not，但和 do、did 等等的其他助動詞不同，這裡的 not 和 can 之間**沒有空格**，要寫作 **cannot**，縮寫則是 **can't**。

- **Sorry. I cannot**（＝can't）**go there now.**
  抱歉，我現在無法過去那邊。

- **Adam cannot**（＝can't）**send me the report by noon.**
  亞當沒辦法在中午前寄那份報告給我。

另外，**cannot 是較正式的表達方式**，因此多會用於文章寫作或正式書面文件之中，而 can't 則大多用於口語或非正式場合之中，比較不適合用在正式文書之中。

- **Parties cannot use the materials without consent.**
  簽約方不能在未獲同意下使用素材。

像上面這種合約內條款的用字，就不能使用 can't，必須用正式的 cannot。

除了表達「能夠做～」之外，can 和 could 也能夠用來表達「**可能性**」，如果**把 can 放到句子的開頭做為疑問句**時，就能表達出對後方所接事項的**強烈質疑**，例如下面的兩個例句：

- **Can the news be true?**
  這則新聞有可能是真的嗎？〔強烈質疑這則新聞的真實性〕

- **Can we win the competition?**
  我們有可能贏下這場比賽嗎？〔強烈質疑贏下比賽的可能性〕

表達可能性的 can 如果**放在句子之中**，則表現出來的質疑感沒有那麼強烈，但也是**帶著不確定而有所質疑**的表達方式。

- **Although learning languages can be difficult, you can still be fluent with effort.**
  儘管學語言可能會很難，但你仍然可以透過努力來變得流利。
  〔第一個 can 表示「可能性」，第二個 can 表示「能力」〕

- **He can be a good team leader if you give him the opportunity.**
  如果你給他這個機會，他可能會是個好組長。
  〔can 表達出成為好組長的「可能性」〕

2. 表示請求允許的 can 和 could

除了表達「能夠做～」之外，can 和 could 最常被用在表達「**可不可以～？**」、「**方不方便～？**」、「**是否能夠～？**」等等「**請求允許**」的情境之中。

can 和 could 都可以用在這些情境之中，不過 **could 表達出來的語氣比較委婉有禮**，而 **can** 呈現出來的則是**肯定且要求意味強烈的語氣**，在使用時可按照對象及當下情況，選擇使用 can 或 could。

- **Can** I help you?

  需要我幫忙嗎？〔常會從店員口中聽到，店員表達希望客人讓自己協助的要求〕

- **Can** I have your name, please?

  可以請您給我您的名字嗎？〔要求對方讓自己取得名字〕

- You **can't** smoke here.

  你不能在這裡抽菸。〔語氣肯定的要求對方不要抽菸〕

　　上面三個例句的要求意味都較強烈，所以用 can 會比 could 更加適合，但若是遇到**要求意味沒有那麼強烈、或語氣比較不肯定**，就會用上 **could**。

- **Could** you please open the door for me?

  可以請您幫我開門嗎？〔語氣委婉有禮的請求對方協助，而非強烈要求〕

- Unfortunately, you **couldn't** stay inside.

  不幸的是，您不能待在裡面。〔語氣委婉有禮的表達拒絕〕

- You **could** take whatever you want.

  您想要什麼都可以拿。〔語氣委婉有禮的表達允許〕

3. 表達不確定意味的 could

　　和 can 不一樣，過去式形態的 **could** 表達出來的語氣**帶有不確定性**，當說話者無法肯定時就會使用 could 來表達出「**應該可以～**」，而不是語氣肯定的 can。

　　特別要注意的是，這裡的 could 和過去式無關，也就是**句子裡描述的內容不一定發生在過去時間點**。

　　另外，這種 could 所呈現出來的不確定性，也會讓**語氣聽起來比直接的 can 還要委婉許多**，所以如果想要讓語氣聽起來不要那麼衝，就可以用 could 取代 can。。

- You **could** apologize to him at least.

  你至少可以跟他道歉啊。〔委婉勸告〕

- He **could** ask for money from his parents.

  他應該可以跟他爸媽拿錢吧。〔不確定到底可不可以〕

- **Given your parents are sick, you could spend more time with them from now on.**
  既然你父母生病了,你可以從現在開始多花時間陪他們。〔委婉建議〕

- **I could bring some food to the party tomorrow.**
  我明天應該可以帶一些食物去派對。〔帶有不確定性,表示也可能沒辦法帶去〕

4. could 是 can 的過去式用法

當句子裡描述的內容**發生在過去時間點**,這時就不能用現在式的 can,而是要用過去式的 could 來表達,意思就會變成「**那個時候能夠~**」,帶有「**現在無法做到**」的隱含意味。

- **Sam could stay awake all night when he was young.**
  山姆年輕的時候可以一整晚不睡覺。〔現在做不到〕

- **Lisa could eat a whole pizza by herself before she was sick.**
  麗莎在生病前可以自己吃掉一整個披薩。〔現在做不到〕

在 could 的後面加上表示否定的 not,就可以表達出「**那個時候不行~（但現在可以辦到）**」的意思。

- **I could not sing 10 years ago.**
  十年前我不會唱歌。〔現在會唱〕

- **I could not afford the house back then.**
  我在那個時候無法負擔這棟房子。〔現在可以〕

- **I could not deliver a speech in public when I was in elementary school.**
  我在小學的時候沒辦法做公開演說。〔現在可以〕

- **Melody could not speak English 5 years ago, but now she can speak like a native speaker.**
  美樂蒂 5 年前不會說英文,但現在她可以說得像個母語人士。
  〔利用過去式的 could not 和現在式的 can 來對照〕

你有哪些擅長或精通的技能呢？當要和別人討論自己擅長的領域時，就必須知道要如何恰如其分地表達了。

在這裡我特別整理了運動、語言、談吐三大領域的相關英文單字，讓我們表達起來可以更順暢。

不過，在開始看這三大領域的相關單字之前，我們必須要先學會如何用英文表達「擅長」。

我很擅長～

在和別人聊天的時候，常會聊到自己擅長和不擅長的事情，並和對方分享自己的心得，這時知道要怎麼說「我擅長～」、「我很會～」或「我的～技術很好」等等內容就很重要了。

下面是一些很常用到的表達句型，可以隨著情境與對象的不同，挑選適合的表達方式使用。

> **be good/skilled/adept/great/clever at...**
> 對～很擅長

這個句型是最常用來表達「對～擅長」的表達方式，這個表達方式裡出現的形容詞們，都會與「**精通、熟練、優秀**」等意義相關。

- **Mike is adept at dancing.**
  麥克對於跳舞很在行。

be expert at/in...
在～方面是專家

expert 本身當**名詞**就是「**專家**」的意思，當作**形容詞**時就變成「**熟練的；專精的**」的意思。

- **I am expert in coding.**
  我在寫程式方面是專家。

be proficient/accomplished in...
在～方面很專業／很有造詣

proficient 和 accomplished 都可以用來表達「**研究深入而有所成就的**」、「**精通的**」。

- **Shelly is proficient/accomplished in interior design.**
  雪莉在室內設計上很專業。

have a talent for...
= have a good head for...
在～方面有才華

talent 是「**天分，才華**」的意思，和 have a good head for... 裡的 **good head** 意思相近，都是指**天生擁有的能力**，例如天生就特別擅長畫畫或運動，就會用到這兩個表達方式。

- **Joslyn has a talent for painting.**
  裘思琳在繪畫方面有天賦。

- **Alan has a good head for composing songs.**
  亞倫在寫歌方面有才華。

shine at/in...
在～方面非常厲害

shine 本身就有「**閃閃發光**」的意思，所以可以用來表達「某人的才華／能力厲害到閃閃發光」的意思。

- **Tess shines at playing basketball.**
  泰絲在打籃球上非常厲害。

運動類

要表示自己擅長某種運動，常會用 **be good/skilled/adept/great/clever at...（對～很擅長）** 的句型，如果要說的是競賽性質的「sport（球類運動）」的話，前面要**加上play**，並因為句型裡的介系詞 at，要將 play **改為動名詞的playing**。

I am good/skilled/adept/great/clever at＋playing baseball（棒球）/basketball（籃球）/badminton（羽毛球）/football（（美式）足球）/soccer（足球）/pool（撞球）/table tennis（桌球）.

如果是非球類，而是以強身健體為主要目的的「exercise（運動）」，則會將該項運動**改成動名詞 Ving** 的形態。

I am good/skilled/adept/great/clever at＋skiing（滑雪）/snowboarding（滑雪板）/hiking（健行）/surfing（衝浪）/diving（潛水）/golfing（打高爾夫）/mountain climbing（登山）/swimming（游泳）/jogging（慢跑）.

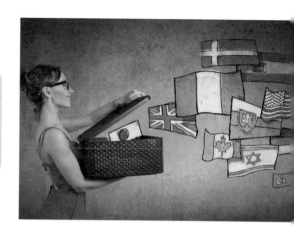

語言類

> **I speak English（英文）/French（法文）/Japanese（日文）/Korean（韓文）/Mandarin Chinese（中文）.**
> 我會説英文／法文／日文／韓文／中文。

　　當要表達自己會不會說一個語言時，用的動詞是 **speak**，而不是 say 或 talk。

> **I have a talent for speaking English（英文）/French（法文）/Japanese（日文）/Korean（韓文）/Mandarin Chinese（中文）.**
> 我在説英文／法文／日文／韓文／中文方面很有天分。

　　想要表示自己**很有語言天分**的時候就可以這樣說。

> **I am proficient/accomplished in speaking English（英文）/French（法文）/Japanese（日文）/Korean（韓文）/Mandarin Chinese（中文）.**
> 我在説英文／法文／日文／韓文／中文方面很有造詣。

　　如果不是天生對於該種語言特別有天分，而是**鑽研多年而變得對某種語言特別有造詣**，就可以這樣說。

　　這裡特別要提醒大家，在詢問一個人是否具備說一個語言的能力時，**助動詞必須用 do 而不是 can**，且用 do 和 can 來表達，意思會不一樣。

Do you speak English?
你會說英文嗎？

　　發問者不確定對方是不是會說英文，所以正在確認對方是否具備說英文的能力。

Can you speak English?
你可以說英文嗎？

　　發問者確定對方會說英文，並希望對方把語言切換成英文。

 談吐類

　　談吐指的是一個人說話時的「**態度和措詞**」，也就是指一個人的「說話方式」，如果要說自己很擅長說話或是說話方式別具特色，就可以用下面這些表達方式。

I am expert in talking with a sense of humor.
我在說話有幽默感上是專家。
I am expert in speaking elegantly.
我在優雅說話上是專家。

　　這裡的「在～方面是專家」通常指的是一個人的說話風格，且這種說話風格是要**經過練習才能達成**的，例如上面例句裡出現的 talk with a sense of humor（說話有幽默感）和 speaking elegantly（優雅說話）。

Alan shines at making public speech.
艾倫在做公開演說上非常厲害。
Rosa shines in making conversation.
羅莎在進行對話上非常出色。

　　shine at/in...（在～方面非常厲害）後面接的會是**特殊技能**，例如上面例句裡的 make public speech（做公開演說）和 making conversation（進行對話）。

Patrick speaks like a dictionary.
派瑞克無所不知（談吐淵博）。

　　也可以用 speak like（說起話來像～）這種比喻的方式來形容一個人的談吐風格。

Try it 試試看！

1. _____ you swim?
   你會游泳嗎？

2. _____ you please turn down the volume a little bit?
   可以請您把聲音調小一點嗎？

3. Not all birds _____ fly.
   並非所有的鳥都會飛。

Answer：1. Can 2. Could 3. can

Chapter
02

I am going to have a job interview!
準備面試應該要做什麼？

P6_Ch2.mp3

Dialogue 開始進行對話！

 Point 與面試相關的常用表達

A : Hi Joseph! I am going to have a job interview. What **should** I do to prepare for it?

B : You **should** read the job description and the company introduction carefully.

A : I see. In addition to that, what else **should** I do?

B : You **should** also prepare for

the skill sets that are mentioned for the role. It would be great if you can find someone to do mock interviews with.

A : That's great advice! I **should have** done that last week.

B : Last but not least, if you have connections in the company, you **should** reach out to them and ask about the department. By doing so, you may better know whether it is the right place for you.

||| 中文翻譯 |||

A： 嗨，喬瑟夫！我要去參加一個工作面試。我該做什麼來準備呢？

B： 你應該要仔細閱讀工作描述跟這間公司的介紹。

A： 了解。除了這件事，還有什麼我應該要做的嗎？

B： 你也應該要準備這份工作有提到說需要具備的那些能力。如果你可以找到人來做模擬面試的話就太好了。

A： 這建議真是太好了！我應該上禮拜就要做這件事的。

B： 最後也很重要的是，如果你在這家公司裡有認識的人的話，你應該要去找他們打聽一下那個部門的情況。這樣做的話，你就能更了解那裡適不適合你。

Grammar 對話裡的文法！

 Point ·各式各樣的 should 用法

　　should 是我們日常生活中最常用到的助動詞之一，通常可以理解成「**應該，應當**」的意思，常會用來**表達自己的看法**，或是對其他人**提出建議、勸告、告知義務或轉達期望**，也可用來表達**不確定的可能性**。

　　身為幫動詞呈現出更多資訊的助動詞，should 必然會和其他動詞一起出現，此外，在用 should 表達發生在**現在或未來時間點**的事情時，都是**形態不變**、後面直接**加上原形動詞**就行了，意思也仍是「應該，應當」，這部分難度不高，大家透過例句應該就能輕鬆理解。

- **I should study today.**
  我今天應該要讀書。〔**現在時間點**〕

- **Adam should stay at home tomorrow.**
  亞當明天應該要待在家裡。〔**未來時間點**〕

　　此外，**主詞人稱或單複數的改變不會造成 should 的形態改變**，一律都是 should，否定則會在後面加上 not，且可縮寫成 shouldn't。

人稱	助動詞	動詞
I		work in that company. 我應該／不應該在那家公司裡工作。 go to the party. 我應該／不應該去那場派對。
You	should 或 should not （＝shouldn't）	
We		
They		**have worked** in that company. 我當時應該／不應該在那家公司裡工作。 **have gone** to the party. 我當時應該／不應該去那場派對。
He		
She		
It		

現在和未來時間點裡的 should 不難，但要正確使用 should 來表達**發生過的事情**就是一大挑戰了。

當說話者想要後悔地說「**我當時應該～**」或是評論他人「**某人當時應該～**」時，就會用上「**should＋have＋過去分詞**」的句型，表達**在過去的那個時間點應該要做某件事，但當時卻沒有做**。

這種專門用來對於過去發生的事表達懊悔或評論的表達方式，就是**假設語氣過去完成式**，我們在 Part 7 會更詳細地介紹假設語氣。

現在先來簡單用用看「**should＋have＋過去分詞**」句型吧。

- **I should have studied yesterday.**
  我昨天應該要讀書的。〔昨天實際上沒有讀書〕

- **I should have apologized yesterday.**
  我昨天應該要道歉的。〔昨天實際上沒有道歉。〕

- **Jack should have done his homework yesterday.**
  傑克昨天應該要完成他的回家作業的。〔昨天實際上沒有完成〕

should 可以用在很多情境之中，下面列舉幾個最常用到 should 的情境。

❶ 表達自己的看法

- **Sarah should have talked to her teacher.**
  莎拉當時應該要和她的老師說的。

- **Alan should tell his mom how he feels.**
  艾倫應該要告訴他媽媽自己的感受的

- **I think she should apply for that job.**
  我認為她應該要申請那份工作的。

❷ 提出建議

- **You should watch that movie; it's an interesting one.**
  你應該要去看那部電影，它是部有趣的電影。

- **You should leave now; the train is leaving in 10 minutes.**
  你現在應該要離開了，那班火車在 10 分鐘後出發。

- **You should eat the cookies with some milk.**
  你吃這些餅乾應該要配一些牛奶。

❸ 勸告他人

- **You shouldn't eat pizza for dinner every night.**
  你不應該每晚都吃披薩當晚餐。

- **You shouldn't take medicine with coffee.**
  你不應該吃藥配咖啡。

- **You should drink more water.**
  你應該多喝一點水。

❹ 告知義務或轉達期望

- **The report should be submitted by Friday.**
  報告應該要在星期五以前交。

- **The agreement should be honored immediately once all the parties have signed.**
  一旦所有契約方簽署，合約應立即履行。

- **You** should **be at the seminar next month.**
  你應該出席下個月的研討會。

❺ 不確定的可能性

- **There** should **be some milk left.**
  應該還有些牛奶剩下。

- **He** should **be here soon.**
  他應該快到這裡了。

- **It** should **take around 30 minutes to arrive home.**
  到家應該會花 30 分鐘左右。

在英文裡有個和 should 一樣，中文都會翻譯成「**應該，應當**」的 **be supposed to**，雖然它們的意思相當接近，而且日常生活中其實常常會看到混用 should 和 be supposed to 的例子。

- **We** should **go home now.**
  ＝**We**'re supposed to **go home now.**
  我們現在該回家了。

- **The food** should **be prepared before the guests arrive.**
  ＝**The food** is supposed to **be prepared before the guests arrive.**
  食物應該要在來賓抵達前準備好。

不過，should 和 be supposed to 其實仍然有著細微的差異，使用 should 提出的僅是「**單純的個人建議或勸告**」，也就是從個人角度出發的建議或勸告，而用 be supposed to 提出的建議或勸告，除了說話者自己之外，還包含著來自外界的意見或壓力，進而帶有「**有義務而應該去做～**」的意味。

這樣單看說明不是很好懂，下面這兩個例句都是「我應該要做我的回家作業」的意思，一起來看看有什麼差別吧。

- **I** should **do my homework.**

→ 自己覺得自己應該要去做，也就是**自己做出的判斷**

- **I am supposed to do my homework.**

→ 除了自己的判斷之外，更可能是在**被施加壓力**（例如老師有要求要做，或是不做會被扣分等等壓力來源）**下所做出的判斷**，讓自己覺得有義務要去做。

透過上面的例子，就可以知道 be supposed to 所表達的「應該，應當」**帶有「他人的期待」**，也因此會比 should **更有「義務感」**。

- **I should clean my desk.**

→ 我應該要清理我的書桌，因為**我自己覺得**很亂、東西很多、很髒等等原因，讓我覺得應該要清理書桌。

- **I am supposed to clean my desk.**

→ 我**自己不覺得**書桌有清理的必要，但**其他人覺得**我的桌子應該要清理了，所以我在他人施加的壓力之下，覺得自己有義務要清理書桌。

Speak 這個時候可以這樣說！

在遇到面試的時候，少不得要談論自己的工作經歷，包括曾經擔任過哪些職務、做過什麼樣的工作或參加過哪些活動，又達成了什麼樣的成就，這些與工作經歷相關的事項該如何闡述呢？

下面我整理了一些實用的表達方式，把這些學起來會對面試很有幫助，也可以避免自己因為不知道怎麼開口而陷入尷尬。

介紹工作內容

My job at Amazon involved project management.
我在亞馬遜的工作涉及了專案管理。
My job at Facebook involved creative design.
我在臉書的工作包含了創意設計。

在描述自己在某間公司的工作內容時，很常會用到「My job at...involved....（我在～的工作涉及／包含了～）」，這裡會將公司名稱放在 at 之後，並將業務內容放在 involved（涉及；包含）之後，如果要表達的是**擔任某個「職位」**的話，可以將 **at 改為 as**。

- **My job as a manager involved market research.**
  我做為經理的工作涉及了市場調查。

- **My job as a clerk involved greeting customers and stocking.**
  我做為店員的工作包含接待客人和補貨。

下面一併介紹一些可以放在 involved 之後的工作內容。

★ 常見的工作內容

marketing 行銷
market research 市場調查
research and development 研發
recruitment 招募
programming 程式設計
filming 拍影片
editing 編輯
procurement 採購
project management 專案管理
personnel management 人事管理
making presentation 簡報
making proposal 提案
taking inventory 清點庫存
greeting customers 接待客人

I had the honor to participate in the VR project with Google 3 years ago.
三年前我很榮幸參與了谷歌的虛擬實境計畫。

　　had the honor to（有榮幸做～）這個表達方式可以點出**後面所提及的活動不是所有人都可以參與的活動**，participate in（參加～）可以替換成 join（加入）。

I once have had an opportunity to work with engineers in Google.
我曾有機會和谷歌工程師進行合作。

　　have an opportunity to（有機會可以做～）是很常用到的表達方式，特別要注意的是，這裡的「機會」必須要用**努力爭取而來的 opportunity**，**而不能用偏向運氣成分的 chance**。

I had the honor to be in charge of the US market back then.
我那時有榮幸能夠負責美國市場。

　　in charge of（負責～）不只是參與而已，而是**負責**或**主掌**該項目的意思。

曾經達成

When I was working at Amazon, I managed to close 10 deals.
當我在亞馬遜工作的時候，我成功完成了 10 筆交易。

先用連接詞 **when**（當～的時候）**點出時間點**，例如上面的 was working at Amazon（在亞馬遜工作的時候），或點出當下狀態，如 was a store manager（當時擔任店經理），再用可以表示「**設法做到**」的 **manage** 來帶出自己達成的事件。

- **When I was working at Facebook, I managed to lead a team of 50 members and be selected as the top-performing leader in 2020.**

  當我在臉書工作的時候，我成功帶領了 50 人的團隊，並且被選為 2020 表現最傑出的主管。

I have once been selected as the Best Salesperson of the Year.
我曾被選為年度最佳銷售人員。

---

have once（曾經～）是最常用來表達經歷的說法，注意這裡的 **once** 不是「一次」而是「**昔日，曾經**」的意思。

Try it 試試看！

1. I think you _____ have healthy diet.

   我認為你應該要吃健康的飲食。

2. You _____ _____ _____ yesterday.

   你昨天應該讀書的。

3. The bus _____ come in 30 minutes.

   巴士應該 30 分鐘後會來。

Answer：1. should　2. should, have, studied　3. should

What kind of things do you like to do?
你平常喜歡做什麼？

P6_Ch3.mp3

Dialogue 開始進行對話！- -

▶ **Point** 如何與他人分享自己的興趣

A：Hey, Joseph! **What** kind of things do you like to do?

B：I like to listen to R&B songs, or **whatever** sounds chill. Have you ever listened to Neyo's songs?

A：Yeah, I am a huge fan of Neyo, too! By the way, do you like going shopping?

B：Not really, unless it's for an automobile; that's **what** I would want to shop for.

A：Understood. **What** are you up to this weekend?

B：Well, **wherever** I go, I am going to enjoy a nice meal with my girlfriend.

‖ **中文翻譯** ‖

A： 嘿，喬瑟夫！你喜歡做什麼啊？

B： 我喜歡聽 R&B 的歌，或任何聽起來讓人覺得很放鬆的東西。你有聽過尼歐的歌嗎？

A： 有啊，我也是尼歐的大粉絲！對了，你喜歡去買東西嗎？

B： 還好。除非是要買車子的東西，那是我會想去買的東西。

A： 了解。你這週末打算要做什麼？

B： 這個嘛，無論我要去哪裡，我都打算要和我女朋友一起吃頓大餐。

1. 讓句子更簡潔的關係代名詞

當兩個句子裡出現了重複的名詞，這時就可以使用**關係代名詞**來讓句子變得更簡潔。

關係代名詞**具有連接詞的功能**，且可以用來**代替重複出現的名詞**，並對那個名詞**補充說明**，也就是說，關係代名詞就是讓兩個句子**得以連接並產生關係**的代名詞。

隨著代替的對象和功能的不同，常用的關係代名詞有 **who**、**whom**、**whose**、**which**、**that**、**what**。

可以簡單整理成下面這個表格的分類。

先行詞 （代替的對象）		主格	所有格	受格
先行詞 （代替的對象）	人	who	whose	whom/who
先行詞 （代替的對象）	事物	which	whose	which
先行詞 （代替的對象）	人或事物都可	that	--	that
包含先行詞意義		what	--	what

表格裡面出現了一個看起來有點陌生的「**先行詞**」，先行詞顧名思義就是「先行出現的詞」，也就是**接受關係代名詞修飾的那個對象**，先行詞不一定會是名詞或代名詞，也有可能會是被當成名詞的片語。

看看下面的例句就會更清楚了。

A. The boy is standing near the door.
那個男孩正站在靠近門的地方。

B. He is my classmate.
他是我的同學。

A 和 B 這兩個句子裡的 The boy 和 He 所指的對象相同，所以可以用關係代名詞來把兩個句子連接在一起：

- **The boy who is standing near the door is my classmate.**
  那個正站在靠近門的地方的男孩是我的同學。

  〔先行詞是主格的人 the boy，所以用關係代名詞 who 代替重複出現的主詞並連接兩個句子〕

❶ 主格關係代名詞

使用了關係代名詞的句子被稱為「關係代名詞子句」，如果被代替的對象**原本在句子裡是主格**，那麼就可以使用**主格關係代名詞 who、which 和 that**，當先行詞是「人」，那就要用 who，如果先行詞是「人以外的事物」，那就要用 which，而**在大部分情況下不論先行詞是人或事物都可以用 that**。

- **A. Lisa is my girlfriend.**
  麗莎是我的女朋友。

- **B. She is drinking a cup of tea.**
  她正在喝一杯茶。

句子裡的 Lisa 和 She 所指的對象相同，所以可以用關係代名詞來把兩個句子連接在一起，被代替的 she 原本在句子裡是主格，再加上接受關係代名詞修飾來補充更多資訊的先行詞是 Lisa，所以會選擇使用 who 或 that。

- **Lisa who is drinking a cup of tea is my girlfriend.**
  正在喝一杯茶的麗莎是我的女朋友。

  〔關係代名詞子句 who is drinking a cup of tea 修飾前面的先行詞 Lisa，補充說明 Lisa 的狀態〕

❷ 受格關係代名詞

受格關係代名詞 whom、which 和 that 替代的是句子裡的受詞，如果先行詞是「人」就用 whom、是「人以外的事物」就用 which，而**在大部分情況下不論先行詞是人還是事物，都可以用 that 來替代**。

A. I walked the dog.
我遛了這隻狗。

B. The dog is my pet.
這隻狗是我的寵物。

兩個句子裡重複出現了 the dog，所以可以用關係代名詞來把兩個句子連接在一起。

- **The dog which I walked is my pet.**

被代替的 the dog 在原本的句子裡是受格，且修飾的先行詞 the dog 是「人以外的事物」，所以會選擇使用 which 或 that，這裡的關係代名詞子句 which I walked 補充說明了先行詞 the dog 的狀態。

特別要注意的是，在生活中對話的時候，其實**常常會省略掉受格關係代名詞**，或者**在前面是人物先行詞的時候用 who 而不用 whom**。

❸ 所有格關係代名詞

如果關係代名詞取代的是**句子裡用來表達「～的」意味的所有格**，例如 his、her、my、Adam's 這些所有格，那麼就可以用**所有格關係代名詞 whose**。

這時無論先行詞是人還是事物，都可以用 whose，由 whose 形成的關係代名詞子句可以修飾前方先行詞，為先行詞補充更多資訊。

A. The girl is my classmate.
這個女孩是我的同學。

B. Her hair is short.
她的頭髮是短的。

被取代的 her 是所有格「她的」，因此可以用所有格關係代名詞 whose 來連接兩個句子：

- **The girl whose hair is short is my classmate.**
這個短頭髮的女孩是我的同學。

關係代名詞子句 whose hair is short 修飾了前面的先行詞 the girl，補充說明了 the girl 的狀態。

2. 各式各樣的 what 用法

經常出現在疑問句裡的 what，除了當疑問詞以外，也可當作「**包含先行詞意義的關係代名詞**」。

什麼是「包含先行詞意義」呢？簡單來說就是「**what＝先行詞＋關係代名詞**」，可以把 **what 想成是「the thing(s) which/that…（～的人事物）**」，所以如果使用 what 來連接兩個句子，那就不再需要有先行詞了。

另外，what 可以構成做為名詞的子句，讓整個名詞子句變成主詞、受詞或補語。直接看例句會更好理解。

原本的句子：

A. I like the thing.
　　我喜歡這件事。

B. Traveling is the thing.
　　旅行是這件事。

使用受格關係代名詞 which/that 連接 A 和 B 兩個句子：

• **Traveling is the thing which/that I like.**

句子中的 the thing which/that 可以替換成意思相當的 what：

• **Traveling is what I like.**
　　旅行是我喜歡的這件事。

若不從比較複雜難懂的英文文法角度，而改從中文的角度思考，what 其實就是「**所～的事物**」的意思，像是 what I want to eat（我所想吃的東西）、what I want to become（我所想成為的東西）、what I want to do（我所想做的事情）、what I like（我所喜歡的事情）、what I dislike（我所討厭的事情）、what I think（我所想的事情）、what I said（我之前所說的事

情）、what we should not do（我們所不應該做的事情）、what she did to me（她之前對我做過的事情），**由 what 構成的名詞子句就像是普通的名詞一樣**，會出現在句子裡的各個位置，**扮演著主詞、受詞或補語的角色**。

- The thing which/that I want to do in the future **remains unknown.**
  ＝**What I want to do in the future remains unknown.**
  我未來想做的事情仍然是未知。〔what 的名詞子句當主詞〕

- **I drink** the thing which/that **he gives me.**
  ＝**I drink** what he gives me.
  我喝了他給我的東西。〔what 的名詞子句當受詞〕

- **Listening to music and going hiking are** the things which/that I like.
  ＝**Listening to music and going hiking are** what I like.
  聽音樂和去健行是我所喜歡的事情。〔what 的名詞子句當補語〕

3. 各式各樣的複合關係代名詞

在英文裡像 what 這種等同於「**先行詞＋關係代名詞**」的字，就叫做「**複合關係代名詞**」。

不單只有 what，只要在關係代名詞 who、whom、whose、which 和 what 的尾巴加上 -ever 字尾，就可以變成複合關係代名詞的 **whoever（任何人，無論是誰）**、**whomever（任何人、無論是誰）**、**whosever（無論是誰的）**、**whichever（任何一個、無論哪一個）**、**whatever（無論是什麼東西）**。

這些複合關係代名詞都帶有「無論是～」、「沒有指定的任何～」的意思，在理解了what 的概念後，我們現在就來了解其他更進階的複合關係代名詞吧！

❶ whoever 任何人、無論是誰

whoever 原本是 **anyone who** 的意思，先行詞是 anyone（任何人），而 who 是主格關係代名詞。

- **He called** whoever **joined the party his friends.**
  ＝He called anyone who **joined the party his friends.**
  任何來參加了那場派對的人都被他稱作是朋友

❷ whomever 任何人、無論是誰

whomever 就是 **anyone whom** 的意思，它的先行詞是 anyone（任何人），whom 則是受格關係代名詞，就像前面在講受格關係代名詞時提到過的，在生活中常會用 who 來代替 whom，在這裡也是一樣，一般在日常對話裡其實**很少用 whomever，更常用 whoever**。

- **April will ask** whomever **she knows to her birthday party.**
  ＝April will ask any one whom **she knows to her birthday party.**
  艾波會邀請任何她認識的人來參加她的生日派對。

❸ whichever 任何一個、無論哪一個

whichever 就是 **any/either one of them that** 的意思，在表達「**選擇任何一個都可以**」的時候常會用到，其中 any/either one of them（它們之中的任何一個）是先行詞，that 是關係代名詞。

- **Pick** whichever **you like.**
  ＝Pick either one of them that **you like.**
  選擇任何一個你喜歡的。

❹ whosever 無論是誰的

whosever 就是 **anyone whose**，後面會加上名詞，表達「**無論是誰的～（人事物）**」，不過一般日常對話中其實很少會出現 whosever。

- **I need** whosever **computer skills good enough to fix the problem.**
  ＝I need anyone whose **computer skills good enough to fix the problem.**
  無論是誰的電腦技術好到可以解決這個問題的，我都需要。

⑤ whatever 無論是什麼東西

whatever 就等同於 **anything that**，anything（任何事物）是先行詞，後接關係代名詞 that，特別要注意的是 what 本身就是包含先行詞意義的關係代名詞，所以就算沒有加上字尾 -ever，在 what 的前面也不需要先行詞。

- **Stella likes whatever her spouse does.**
  ＝Stella likes anything that her spouse does.
  史黛拉喜歡她的另一半所做的任何事情。

上面的這些複合關係代名詞的**前面不需要再出現先行詞**，這是因為先行詞本身就已經被包含在這些字的意義之內，所以不需要再重複一次。

另外，複合關係代名詞本身**具有代名詞的特性**，因此可以當作主詞或受詞，所以**複合關係代名詞後面接的是不完整子句**（缺了主詞或受詞的句子），**並可構成名詞子句**，讓這整個名詞子句變成主要子句的主詞或是受詞。

Speak 這個時候可以這樣說！

 表達喜歡與偏好

在和別人聊天交流的時候，能夠清楚表達自己的喜好是很重要的，不過如果每次都只會用 like，那表達起來難免單調了一點。

下面我整理了一些最常用來表達「喜歡」、「愛好」的表達方式，一起來用用看吧！

like＋to＋原形動詞＝like＋Ving/名詞
喜歡～

這是最常用、也是最安全的基本表達方式。

- I like to play basketball.
  ＝I like playing basketball.
  我喜歡打籃球。

enjoy＋Ving/名詞
享受～，喜歡～

利用 enjoy（享受）這個字來表達「喜歡」及「樂在其中」。

- She enjoys going shopping every weekend.
  她喜歡每個週末都去購物。

be passionate about＋Ving/名詞
對～抱持著熱情

用 passionate（熱情的）表達「熱衷於某事物」。

- Joseph is passionate about teaching English.
  喬瑟夫對於教英文抱持著熱情。

be fond of＋Ving/名詞
喜愛～

特別要注意 **fond（喜歡的；愛好的）是形容詞**，而不是跟 like 一樣是動詞，所以前面要有 Be 動詞。

- Amelia is fond of watching horror movies.
  艾米莉亞喜愛看恐怖片。

be a fan of＋Ving/名詞
對～熱愛

利用 fan（粉絲，愛好者）這個字表示自己對某事物很著迷，這是**比較口語**的表達方式。

- **I am not a huge fan of talking behind people's backs.**
  我不愛在背後議論別人。

be into＋Ving/名詞
對～很投入／熱愛

into 在這裡是「**對～非常投入，熱衷於～**」的意思，這是**較口語**的表達方式。

- **I am into learning new stuff.**
  我很熱愛學習新事物。

be interested in＋Ving/名詞
對～感興趣

interested 是「感興趣的」的意思，特別注意這裡不能用形容事物的 interesting（令人感興趣的）。

- **I am interested in playing guitar.**
  我對彈吉他感興趣。

與別人分享自己的嗜好

在課本中教大家表達「嗜好」的時候，通常都會用 hobby（嗜好）這個字，不過其實在日常對話中不太會用 hobby 這個字，而是會用更口語的方式來表達。

下面我整理了四種好用的說法，下次想要和別人分享自己的嗜好時，就可以派上用場了。

I like to…
我喜歡～

在 to 的後面要接**原形動詞**。

- **I like to meet up with my friends.**
  我喜歡跟我朋友見面。
- **I like to watch TV.**
  我喜歡看電視。

I love to…
我喜愛～

love 在程度上會比 like 更強烈。

- **I love to have a good meal with my family.**
  我喜愛和我的家人一起好好吃一頓。
- **I love to listen to music.**
  我喜愛聽音樂。

> **When I have free time I usually…**
> 當我有空的時候，我通常會～

free time 是「**閒暇時間**」的意思，而嗜好就是在有空的時候進行的事項，所以也可以用這個表達方式來說。

- **When I have free time I usually have friends over my place.**
  當我有空的時候，我通常會邀朋友來我家。
- **When I have free time I usually surf on the Internet.**
  當我有空的時候，我通常會去上網。

> **I wish I had more time to...**
> 我希望我有更多時間可以～

以表達「希望」的口吻表示自己對做某件事的渴望。

- **I wish I had more time to play video games.**
  我希望我有更多時間可以打電動。
- **I wish I had more time to go to concerts.**
  我希望我有更多時間去聽演奏會。

Try it 試試看！

1. _____ he said is real.
   他所說的是真的。

2. I am _____ of swimming.
   我喜歡游泳。

3. You can pick _____ you like.
   你可以選你喜歡的那一個。

Answer：1. What 2. fond 3. whichever

Why do degrees matter?

學位為什麼重要？

P6_Ch4.mp3

Dialogue 開始進行對話！-------------------------------

 Point 如何問出心中疑問

A： **Why** do degrees matter when it comes to getting a job?

B： Hiring managers will compare you to other candidates when checking your résumé.

A： Oh, I see what you mean. I guess I will have to **spend** 4 years getting my bachelor's degree.

B： For top companies, having a degree may not be enough. I

suggest you consider applying for an internship when you are a student. It may **cost** you your leisure time, but it's helpful for your future career.

A： **How come** landing a good job sounds so difficult?

B： Because, if you want to stand out from all the other candidates, you have to beef up your résumé. And that takes work!

‖ 中文翻譯 ‖

A： 學位在找工作的時候為什麼重要啊？

B： 招聘經理在查看你的履歷表時，會把你拿來和其他應徵者做比較。

A： 噢，我知道你的意思了。我想我將必須花上四年來拿到我的學士學位了。

B： 對頂尖的公司來說，有學位可能不夠。我建議你在當學生的時候要考慮去申請實習。這可能會耗掉你的休閒時間，但對你未來的職業生涯有幫助。

A： 要拿到一份好工作怎麼會聽起來這麼困難啊？

B： 因為，如果你想要從其他所有的應徵者中脫穎而出，你就必須要讓你的履歷更漂亮。而這就是需要花工夫！

Grammar 對話裡的文法！

> **Point** ・**表達疑問的 Why 和 How come**
> ・**各種「花費」的表達方式**

1. 表達疑問的 Why 和 How come

　　在和別人進行交流時，知道要怎麼適時發問，恰當表達自己的心中疑問，是非常重要、且可加深彼此情誼的必備技能。

　　在發問時，最常用的就是 **why** 和 **how come** 了，why 和 how come 都是「**為什麼**」的意思，且常常會看到兩者有互相替換使用的情形發生，不過，它們在使用方式及表達意義上其實都不大相同，使用時必須特別注意。

 正式用 why，不正式用 how come

　　why 通常會用在**正式**或需要**書寫**的情境之下，表達的是正式的「為什麼～？」，而 **how come** 則多半用在**不正式**、**輕鬆**的場合或**日常口語**之中，表達出來的感覺會比較像是「怎麼會～？」、「怎麼能～？」的意思。

- **Why did you miss your plane?**
  你為什麼沒趕上飛機？〔**語氣正式**〕

- **How come you missed the plane?**
  你怎麼會沒趕上飛機啊？〔**語氣隨意**〕

❷ 呈現口吻不同

使用 **why** 的句子所表達出來的口吻比較**具有權威感**,甚至**帶有命令**對方要回答自己疑問的感覺,而 how come 則視當下情境可以表達出**不相信或質疑**,甚至是**指控**的口吻。此外,**how come** 也比 why 更常被用來詢問「**達成的特定方式**」。

- **Why did you take the bus?**
  你為什麼搭了巴士?
  〔**要求對方正經回答自己的問題**〕

- **How come you took the bus?**
  你怎麼會搭巴士?
  〔**質疑對方為什麼會選擇搭巴士**〕

- **Why can he submit his homework on time?**
  他為什麼能準時交他的回家作業?
  〔**正式表達疑問而非質問**〕

- **How come he can submit his homework on time?**
  他怎麼能準時交他的回家作業啊?
  〔**表達質疑,或是想知道能達成「準時交回家作業」這件事的具體方法**〕

❸ 使用句型不同

透過上面的例句,可以注意到 how come 的句子裡不需要出現助動詞 do/does/did 或是 Be 動詞,只要把 **how come** 直接**加到句子的開頭**,就可以形成疑問句,但以 why 開頭的疑問句,後面必須要加上**助動詞或 Be 動詞**,並隨之變化動詞形態。

How come＋句子?
Why＋do/does/did 或 Be 動詞＋句子?

句子裡的動詞要隨著前面的助動詞或 Be 動詞來對應變化。

透過例句來理解會更容易:

直述句	改成「為什麼」的疑問句
You took the train. 你搭了火車。	**How come** you took the train? =**Why** did you take the train? 你為什麼搭了火車？
He went to the doctor. 他去看了醫生	**How come** he went to the doctor? =**Why** did he go to the doctor? 他為什麼去看了醫生？
She is losing weight. 她正在減重。	**How come** she is losing weight? =**Why** is she losing weight? 她為什麼正在減重？
Joseph is on a diet. 喬瑟夫正在節食。	**How come** Joseph is on a diet? =**Why** is Joseph on a diet? 為什麼喬瑟夫正在節食？
Patrick hasn't finished his homework. 派翠克還沒有完成他的回家作業。	**How come** Patrick hasn't finished his homework? =**Why** hasn't Patrick finished his homework? 為什麼派翠克還沒有完成他的回家作業？

2. 各種「花費」的表達方式

　　在英文中最常用來表達「**花費**」的字有 **spend、cost、take 和 pay**，這四個字如果翻成中文，常都只是簡單的翻成「花時間」、「花精神」、「花錢」等等，但它們其實不管在意義還是用法上都不太一樣，一定要分辨清楚，才能用得正確！

❶ 從人出發的 spend

不管花的是時間還是金錢，都可以使用 **spend（花費）**這個字。

重點在於 spend 這個字是從人的角度出發，也就是說，這裡的「花費」是「**人去進行花費的動作**」，所以進行 spend 這個動作的**主詞都會是人**。另外，spend 屬於不規則變化的動詞（spend-spent-spent），時態變換的時候必須特別注意。

spend 的基本句型有兩種：

A.　人＋spend＋時間或金錢＋**動名詞（Ving）**

這個句型表達的是「**某人花時間或金錢去做某事**」，特別要注意的是在代價之後出現的動詞必須要改成動名詞（**Ving**）的形態，可以想成是把後面的**動作名詞化，變成了「一件事」**的感覺。

- **I spent the whole night preparing for the exam.**
  我花了整個晚上準備那場考試。

- **Melody spent 500 dollars taking the sessions.**
  美樂蒂花了 500 元去上那些課程。

B.　人＋spend＋時間或金錢＋**on 名詞**

在時間或金錢等代價之後加上**介系詞 on 和名詞**，就可以用來表達「**某人花時間或金錢在某件事物之上**」，在使用這個句型時別忘了 **on 的存在**，可以想成是把錢或時間「放在某項事物的上面」的感覺。

- **Cameron spent 200 dollars on the meal.**
  卡麥倫花了 200 元在那餐上。

- **Cindy has spent several months on the annual convention preparations.**
  辛蒂已經花了幾個月的時間在年度大會的準備上。

❷ 從事物出發的 cost

可以用 cost 表達的花費，**除了金錢之外，還可以是其他除了錢之外，具有價值的東西**，例如努力、性命、快樂等等。

和 spend 不同，cost 這個字是從要花錢或代價的**事物的角度**出發，也就是說，cost 表達的是「**某事物花了多少錢或代價**」，因此**主詞都會是事物**。此外，cost 這個字也是不規則變化的動詞（cost-cost-cost），不管句子是什麼時態，都是 cost。

最常用的 cost 句型是像下面這樣：

事物＋cost＋（人）＋金錢或其他具有價值的代價

- **The car cost me 1 million dollars.**
  那台車花了我一百萬。

- **Do you think it makes sense that a trash can cost you 1,500 dollars?**
  你覺得一個垃圾桶花你 1,500 元是合理的嗎？

- **His stubborn cost him his marriage.**
  他的固執己見讓他的婚姻失敗了。

③ 花費時間的 take

相對於可以表達花費時間以外代價的 spend 和 cost，**take 只能用來表達「花時間」**，且 take 和 cost 一樣都是從事物角度出發，所以**主詞都會是事物**，表達「某事物花費某人多少時間」。

另外，當句子的時態改變，要記得 take 的動詞三態是不規則的 take-took-taken，務必要按照時態使用正確的 take 形態。

用 take 表達「花費時間」的基本句型有兩種：

A. 事物＋take＋（人）＋時間＋**to 原形動詞**

這個句型是直接將花費時間的事物當作主詞，表達「**某件事物花了某人多少時間去做**」，在時間之後必須先接 to 才能接人所做的動作，這裡的動作必須用**原形動詞**來表達，使用時要特別注意。

- **The assignment took me 3 hours to finish last night.**
  昨晚這項作業花了我 3 個小時完成。

- **The meal took Alan a whole night to prepare.**
  這餐花了亞倫整個晚上去準備。

B. **It＋takes**＋（人）＋時間＋**to 原形動詞**

這個句型以沒有意義的主詞（虛主詞）**it** 開頭，取代後面用「**to 原形動詞**」表示的「要花時間做的事」，因此這個句型表達的就是「**做某件事花了某人多少時間**」。特別要留意的是，因為**主詞是單數的 it**，所以如果句子用的是**現在式**，要記得把**第三人稱單數的 s 加上去**。

- **It took me 2 months to plan out the trip.**
  籌劃這趟旅行花了我 2 個月的時間。

- **It takes (a person) 4 years to get a bachelor degree.**
  要取得大學學位要花（一個人）4 年的時間。

❹ 支付金錢的 pay

pay 這個字本身就是「支付金錢」的意思，因此 pay 只能用來表達「**花費金錢**」，且由於是「人支付金錢」，所以**句子的主詞都會是人**。pay 的過去和過去分詞形態都是 paid，使用時要留意句子的時態，並隨著時態來選擇使用正確的形態。

最常用的 pay 句型有下面幾種：

A. pay＋（人）＋（具體金錢數字）＋**for**＋事物

如果只是要講「**付錢給某個對象**」，只要簡單說「**pay＋某人＋具體金錢數字**」，例如 pay Lisa a lot of money（付給麗莎一大筆錢）、pay the vendor 100 dollars（付給那個小販 100 元），但若想表明「**支付金錢以換取某事物**」，就要用到這個加了 for 的句型，for 後面接的事物可以是具體的物質，也可以是抽象的服務。

- **I paid 500 dollars for the driving school.**
  我付了 500 元上駕訓班。

- **I paid for the drinks tonight.**
  我付了今天晚上的酒錢。

B. pay＋**in/with**＋支付方式

如果想要表達的是「付錢的方式」，就會在 pay 的後面加上 in 或 with，再接支付方式。

- **I'd like to pay in cash.**
  我想要付現金。

- **Can I pay with my credit card?**
  我可以用信用卡付嗎？

Speak 這個時候可以這樣說！

　　不論是像對話中提到的求職面試，還是在日常生活之中，都常常會遇到要比較各種事物的優勝劣敗或是優缺點（pros and cons）的情境，這時如果知道一些好用的表達方式，就可以把你的意見說得更貼切了。

比較兩者以上

　　compare 這個字本身就是「**比較**」的意思，只要是兩個以上的人事物就可以使用 compare 來表達。

> **compare A to/with B**
> 比較 A 與 B

　　這是 compare 最常用的表達方式，表示將 A 和 B 放在同一基準上做比較，介系詞 to 和 with 都可以用在這個句型裡，不過**美式英文常用 to**，而**英式英文更常用 with**。

- **If you compare this candidate to that one, you will see which one has more relevant experience and would most likely be successful for this role.**

　　如果你把這個應徵者拿來和那個做比較，你就會發現哪個人擁有更多的相關經歷，且更有可能會成功扮演好這個角色。

- **I am upset that my mom always <u>compares</u> my brother <u>to</u> me.**

  我對於我媽一直拿我哥和我做比較感到很不開心。

- **You have been <u>compared with</u> your girlfriend's ex a lot. Don't you feel annoyed?**

  你一直被拿來與你女友的前男友做比較。你不覺得厭煩嗎？

 ## 比較兩者的優劣

要比較超過兩個的對象時可以用 compare，但是 compare 這個字本身不帶任何優勝劣敗的判斷意味，也就是說，**compare 只是「比較」而沒有「比較好」或「比較壞」的意思。**

如果要比較的對象**只有兩個**，且想表達的是「**兩者相較之下，A 比 B 更好／差**」，那麼就可以使用 **inferior** 和 **superior** 這兩個字，下面一起來看看正確的用法吧！

> **A be inferior to B**
> A 比 B 更差

inferior 這個字本身就是「**比～不如的**」，除了比較之外還**帶有價值判斷**，使用的時候，比較差的人事物要放在 A 的位置，inferior 後面要先**接介系詞 to** 再接比較好的人事物。

- **The products <u>are</u> <u>inferior to</u> the ones we bought a week ago.**

  這些產品比我們一週前買的那些還要差。

- **Mike said he <u>is inferior to</u> David.**

  麥克說了他不如大衛。

A be superior to B
A 比 B 更好

　　superior 這個字是 inferior 的反義詞，意思是「**比～更好的**」，和 inferior 的使用方式相似，比較好的人事物要放在 A 的位置，且也要先接**介系詞 to** 再接比較差的人事物。

- **For babies, breastfeeding is superior to bottle-feeding.**
  對於嬰兒來說，餵母奶比餵奶粉泡的奶要好。

- **Michael said he is superior to Jack.**
  麥可說他比傑克好。

inferiority complex
自卑感
superiority complex
優越

　　這裡順道補充兩個很常用的表達方式，inferiority（次等，劣勢）和 superiority（優勢，優越）分別是 inferior 和 superior 的名詞。除了比較之外，**inferior 和 superior 也可以分別用來表示一個人覺得自己「比別人差」和「比別人好」**。

　　直接用來形容人的時候，例如當我們說：

- **He thinks that he is superior/inferior.**

　　就是在說這個人覺得自己比其他人都更好、更有優越感。如果把 superior 換成 inferior，則是覺得自己比其他人都差、有自卑感。

　　因此出現了 inferiority complex（自卑感）和 superiority complex（優越感）的說法，這兩種說法在日常生活中也滿常見的，一起學起來吧！

Try it 試試看！

1. _____ _____ James is always late for school?
詹姆士怎麼總是上學遲到啊？

2. He _____ 5 hours driving to Taipei.
他花了五個小時開車到台北。

3. They love to _____ Melody _____ her sister.
他們熱愛拿美樂蒂和她姐姐做比較。

Chapter 05 How often do you exercise?
你多常運動？

P6_Ch5.mp3

Dialogue 開始進行對話！

Point 如何詢問與回答頻率相關問題

A：Hey, Jordan! **How often** do you exercise?

B：Three **times a week**. I **usually** play basketball on the neighborhood court.

A：You're definitely a healthy guy, **aren't you**?

B：I try to be. Let's play basketball together this weekend, **shall we**?

A：I'd love to, but I've arranged an **annual** checkup this weekend. Maybe next time?

B：Sure, let's stay in touch.

||| 中文翻譯 |||

A： 嘿，喬丹！你多常運動啊？

B： 一週三次。我通常會去社區球場打籃球。

A： 你一定是個很健康的人，對吧？

B： 我盡量啦。我們這週末一起去打籃球吧，如何？

A： 我很想去，可是我這週末已經安排了年度健檢。也許下次再約？

B： 好啊，我們保持聯絡吧。

> Point
> ·與頻率相關的常用表達方式
> ·用來強調的附加問句

1. 與頻率相關的常用表達方式

生活中少不了要和別人談到「頻率」的話題，例如像前面的對話那樣，詢問別人有多常運動、多常去看電影、多常去做健康檢查等等，或者要回答別人問你的各種和頻率有關的問題，像是藥一天要吃三次、半年要保養一次車子等各種答案，這時如果不知道如何發問或回答，那就尷尬了，一起來看看要怎麼發問和回答與頻率相關的話題吧。

❶ 詢問頻率相關問題

詢問「多常做一件事情」的頻率（frequency），最常用到的就是下面這個句型：

How often do you＋原形動詞...?

這個問句表達的是「**你有多常做～？**」，often（經常）前面加上詢問程度的疑問詞 how 所組成的 **how often...（有多常～）**，就是詢問頻率時最常使用的疑問句開頭。

另外，因為詢問的是**一般事實**，所以通常都用現在式的助動詞 do 來問，但如果後面接的主詞是**第三人稱單數**，像是 he、she、it 或人名等，記得要改用 **does** 來問。後面出現的動詞則受助動詞的影響，**必須使用原形動詞**。

- **How often do you brush your teeth?**
  你有多常刷牙？

- **How often do the students go to a field trip?**
  這些學生有多常去校外教學？

- **How often does Alan go to swim?**
  亞倫多常去游泳？〔助動詞後面的主詞是第三人稱單數，改用 does〕

- **How often does your father go fishing?**
  你父親多常去釣魚？〔助動詞後面的主詞是第三人稱單數，改用 does〕

❷ 頻率問題的回答方式

在回答頻率問題時，最常用的就是下面這種句型：

頻率（次數）＋a/an＋一段時間

在回答頻率問題時，最常用到的就是「次數」了，例如「一年兩次」、「半年一次」等等，回答時只要**在「time（次數）」的前面加上數字**就可以了，不過，「**一次**」和「**兩次**」的說法是 **once** 和 **twice**，而不是 one time 和 two times。

在次數的後面加上**冠詞 a/an 及一段時間**，如 a day、an hour 等等，就可以表示「**在這一段時間內做了幾次**」。

- **I go swimming three times a week.**
  我一週游泳三次。

- **I take a cab twice a month.**
  我一個月搭兩次計程車。

- **She sings once a day.**
  她一天唱一次歌。

除了次數，如果是「**每隔一段固定時間就會進行或發生**」的事，就可以用表示「每～」的 **every** 或 **per** 來表達。

- **World Cup is held every four years.**
  世界盃每四年會舉辦一次。

- **I check my email inbox every morning.**
  我每天早上會檢查我的電子郵件收件匣。

- **The bell rings once per hour.**
  這座鐘每個小時會響一次。

除了上面這種用 every 和 per 的表達方式，英文裡還有一些字是直接可

以用來表達這種「每隔一段固定時間」的次數，這些字多半都是從時間相關的字衍生出來的：

- **every hour** → **hourly**（每小時）
- **every day** → **daily**（每天地）
- **every week** → **weekly**（每週地）
- **every month** → **monthly**（每月地）
- **every half year** → **biannually**（每半年一次地）
- **every year** → **yearly**（每年地）
- **once a year** → **annually**（一年一次地）

- **The company releases new products every year.**
  ＝The company releases new products yearly.
  這間公司每年都會推出新產品。

- **I buy groceries every week.**
  ＝I buy groceries weekly.
  我每週都會買食品雜貨。

除了這些與次數相關的表達方式，若要描述自己做某件事的頻率，也可以使用**頻率副詞**，像是 always（總是）、usually（通常）、sometimes（有時）、hardly（幾乎沒有）、never（從未）等等，這部分我們在前面提到副詞的時候有深入討論過，可以翻回去看看要怎麼用比較好。

2. 用來強調的附加問句

像前面對話裡在句尾出現的 aren't you? 和 shall we 就叫做「**附加問句**」，也就是**附加在敘述事實的直述句後面的簡短問句**。

附加問句是用前面直述句裡的 Be 動詞或助動詞，再加上與前句中主詞一致的代名詞所組成的一種短問句，目的是為了**強調前面的直述句**，尋求和自己對話的人**認同、澄清或確認**前面直述句中所提及的事項。

關於附加問句，最重要的就是要記得：

前面的直述句若是肯定句，附加問句就會是否定句；若直述句是否定句，則附加問句就會是肯定句。

- **Joseph has come back**, hasn't he?

  喬瑟夫已經回來了，不是嗎？

- **Joseph hasn't come back**, has he?

  喬瑟夫還沒回來，是嗎？

附加問句的前面會出現各式各樣的直述句，但有些直述句的呈現方式比較特別，也因此會影響到附加問句的使用方式，所以要特別注意。

❶ 直述句中出現否定副詞，視為否定句

當直述句中**出現 never（絕不；從未）、hardly（幾乎不）、seldom（很少）等等具有否定意味的副詞**時，即使句子裡面沒有出現 do not、does not、is not、are not 等否定表達，這個看似肯定句的句子也**會被視為否定句**，後面的附加問句會是肯定句。

- **Teresa never rests**, does she?

  泰瑞莎從來不休息，是嗎？

- **Joseph is hardly late at work**, is he?

  喬瑟夫工作幾乎不會遲到，是嗎？

- **Wendy has never been to China**, has she?

  溫蒂從未去過中國，是嗎？

❷ 直述句主詞是與人相關的不定代名詞時，附加問句要用 they

如果直述句中的主詞是**與人相關的不定代名詞**，如 everyone、everybody、no one、anyone、someone、nobody 等等，則附加問句裡的代名詞**須搭配使用 they**。

- **Everyone left**, didn't they?

  大家都離開了，不是嗎？

- **Nobody saw this**, did they?

  沒有人看到了這個，是嗎？

  〔這句難度較高，nobody 本身帶有否定的意思，所以讓整個直述句變成否定句了，所以附加問句必須要用肯定句，且 nobody 是不定代名詞，因此附加問句裡的代名詞要用 they〕

❸ 直述句主詞是與事物相關的不定代名詞時，附加問句要用 it

當直述句中的主詞是**與事物相關的不定代名詞**，如 everything、something、nothing 等等時，則附加問句裡的代名詞**須搭配使用 it**。

- **Everything is fine**, isn't it?
  一切都很好，不是嗎？

- **Nothing is broken**, is it?
  沒有東西壞掉，對吧？
  〔這句難度較高，nothing 本身帶有否定意味，所以讓整個句子變成了否定句，因此後方的附加問句必須要用肯定句，且 nothing 是事物的不定代名詞，所以附加問句裡的代名詞要用 it〕

❹ 直述句是祈使句，附加問句用 will you 或 won't you

當附加問句前出現的直述句是**祈使句**時，因為祈使句表達的是命令或強烈建議，所以後面出現的附加問句一律會使用徵詢同意的 **will you** 或 **won't you**，此外，這時不用考慮這個祈使句到底算是肯定還是否定，用 will you 或 won't you 都可以。

- **Sit down**, won't you?
  坐下來，好嗎？

- **Open the door**, will you?
  打開門，好嗎？

❺ 直述句以 let's 開頭，附加問句用 shall we

如果附加問句前的直述句是**以 let's 開頭**，表達「我們一起～吧？」的用來邀約對方一起去做某事的句子，那麼附加問句一律會使用 **shall we** 來表達。

- **Let's go shopping**, shall we?
  我們一起去購物吧，如何？

- **Let's drink some wine**, shall we?
  我們一起喝些紅酒吧，如何？

當想要拒絕別人的邀約，但又怕拒絕得太過直白而傷了彼此的感情，這時就要知道「**婉拒**」的表達方式。

下面從三個方向出發，以不同的切入點來委婉拒絕對方的邀約，大家可以按照對話當下的情境，選擇適合的表達方式，在不傷感情的狀況下拒絕對方的邀約。

 表達抱歉、感謝、遺憾

I would love to, but I really cannot make it this time.
我真的很想去，但是我這次真的無法抽出時間。

先表明自己想答應邀約的心情，再表示自己 cannot make it（無法做到），這種表達方式**帶有無可奈何的意味**。

Thank you for inviting me, but...
謝謝你邀請我，但～。

先感謝對方的邀約，再說明拒絕理由。

I really appreciate you asking me, but...
我真的很感謝你問我，但～。

這句也是感謝對方的邀約，不過有著「**謝謝你有想到要問我**」的感覺，but 之後也是接拒絕邀約的理由。

明確說出拒絕理由

I am busy working these days.
我最近都在忙著工作。

　　busy 的後面**加上名詞化的動名詞**，就可以用來表達「**忙著做～**」，例如 busy reading（忙著看）、busy eating（忙著吃）、busy searching（忙著搜尋）等等。

I am already booked for that day.
我那天的行程已經滿了。

　　book 是「**預訂**」的意思，用來表達自己「當天的空閒時間都已經被預訂了」的意思。

My time was committed that day.
我那天的時間都滿了。

　　commit 在這裡是「**允諾要去做～**」的意思，也就是「我當天已經答應要去做～」，語意上會比前面提到的 book 更沒有更改行程的空間。

I am swamped right now.
我現在真的忙翻了。

　　swamp 本來是「沼澤」的意思，**加上 -ed 字尾**就會變成形容詞，形容人「**像身陷沼澤般無法脫離的忙碌**」。

 提供其他人選

> **Joslyn may be available that day.**
> 裘思琳那天應該有空。

　　直接提出可能有空的人選，**available** 在這裡是「**有空的**」意思。

> **I cannot do it, but I think Mike can. I can ask him for you.**
> 我沒辦法做這件事，但是我覺得麥克可以。我可以幫你問他。
> **I am sorry I cannot make it. But I can ask Paul for you.**
> 抱歉我真的沒辦法。但我可以幫你問問看保羅。

　　這兩句都是先表明自己的拒絕之意，再提出可能的人選並表示願意代為詢問對方的意願。

Try it 試試看！

1. You look tired, _____ _____?
   你看起來很累，不是嗎？

2. Everything will be fine, _____ _____?
   一切都會好的，不是嗎？

3. I would _____ to, but I am not available that time.
   我很想去，但我那個時間沒有空。

Answer: 1. don't, you 2. won't, it 3. love

When will you be available?
你什麼時候有空呢？

P6_Ch6.mp3

Dialogue 開始進行對話！------------------------------------

 Point 如何詢問與回答「何時」問題

A：Hey, Liz! **When** will you be available this weekend?

B：I think I will be busy this whole weekend **because** my mom is sick, and I will have to take care of her.

A：I'm sorry to hear that. I was about to ask you to a dance that's this weekend. Remember last time **while** we were dancing, you really enjoyed it.

B：Yeah, I'm now quite interested in dancing **because of** you. I didn't know dancing could be so interesting and relaxing!

A：Glad you like it! We can go again together next time. Maybe you can give me a call **when** you're free?

B：Sure, I'm already looking forward to it!

A： 嘿，麗茲！妳這個週末什麼時候會有空呢？

B： 我想我這整個週末都會很忙，因為我媽媽生病了，所以我得要去照顧她。

A： 我很遺憾聽到這種消息。我原本是要找妳去辦在這週末的舞會的。記得上次我們在跳舞的時候，妳真的很開心。

B： 是啊，我現在因為你而對跳舞挺有興趣的。我之前不知道跳舞可以這麼有趣又紓壓！

A： 很高興妳喜歡！我們下次可以再一起去一次。也許等妳有空的時候妳可以打個電話給我？

B： 好啊，我已經在期待了！

Grammar 對話裡的文法！

> **Point** ・表達「何時」的 when 和 while
> ・重要的各種「因為」

CH.
06

1. 表達「何時」的 when 和 while

在課本上看到 **when 與 while** 時，中文字義都寫著「**當～；在～的時候**」，而且老師也會說 when 與 while 可以互換使用，結果就是我們常會誤以為這兩個字是一樣的，但是它們之間其實不論在意義還是用法上都有著細微的差異。

when 和 while 差在哪裡？

❶ 當兩個句子中的動作都是持續性進行的動作，通常會使用 while

這裡說的「持續性進行」，是說這些動作不是像 turn on（打開開關）、close（關上）這種瞬間完成的動作，而是像唱歌、看書、聽音樂這種，**會持續進行一段時間的動作**，且因為這些動作所呈現的持續性，句子通常都是進行式，表現出「**動作正在持續進行**」的感覺。

• **I was doing homework while my mom was watching TV.**
   我在寫回家作業的時候，我媽媽正在看電視。
   〔寫回家作業與看電視都不是短時間能完成的一次性動作，因此選擇使用 while〕

- **My friend was singing in the room** while **I was studying.**

  當我朋友正在房內唱歌的時候，我正在念書。

  〔唱歌與念書都不是短時間能完成的一次性動作，因此選擇使用 while〕

- **Teresa was playing video games** while **her dad was working.**

  當泰瑞莎在打電動的時候，她爸爸在工作。

  〔打電動與工作都不是短時間能完成的一次性動作，因此選擇使用 while〕

❷ 當兩個句子中的動作都是瞬間完成或發生的動作，
通常會使用 when

相對來說，句子中出現的動詞，如果都是**瞬間完成或發生的動作**，那麼通常會使用 **when** 來連接，例如 catch（抓）、arrive（抵達）、happen（發生）、appear（出現）等等，另外，這些動作因為是瞬間完成的，當然也就不需要用到表示動作持續中的進行式，只要用**簡單式**就可以了。

- **When** I got home, he called me.

  當我到家的時候，他打了電話給我。

  〔抵達與打電話的動作都是瞬間完成的一次性動作，因此選擇使用 when〕

- **When** I arrived the train station, the train had already left.

  當我抵達火車站的時候，火車已經開走了。

  〔抵達與開走都是瞬間完成的一次性動作，因此選擇使用 when〕

- **The building collapsed** when **an earthquake happened.**

  這座建築物在地震發生時倒塌了。

  〔地震發生與倒塌都是瞬間發生的一次性動作，因此選擇使用 when〕

❸ 若事件或動作發生在特定時期，通常會使用 when

這裡說的「特定時期」就是指「**具體的一段時間**」，像是「小時候」、「童年」、「學生時期」、「最近」或「上個月」等等，當要表達「**某件事或動作發生在某個特定時期之中**」，就會使用 **when** 來表達。

- **I used to practice singing every day** when **I was a student,.**

  在我當學生的時候，我曾經每天都練習唱歌。

  〔特定時期：當學生的時候〕

- **Melody lived in Japan** when **she was a child.**
  美樂蒂小時候住在日本。
  〔特定時期：小時候〕

- **Alex studied history** when **he was in the university.**
  艾力克斯在大學的時候念過歷史。
  〔特定時期：在大學的時候〕

❹ 當兩個動作有著先後順序，通常使用 when

當兩個句子裡的動作是「先後發生或進行」，且時間相距不遠，也就是「**緊接著發生或進行**」，這時就會用 **when** 來表達。

這種狀況可以理解成是「**在～之後立刻～**」的意思，有點像是 before/after 的感覺，但必須特別注意，這兩個句子裡出現的動作，**發生的時間點必須相當接近**，如果兩者之間相隔了一段時間，那就不能用 when 來表達了。

- **I met my parents** when **I arrived at the airport.**
  我到達機場之後和我父母碰面了。
  〔用 when 可以表達出「到達機場」和「與父母碰面」是緊接著發生的兩件事〕

- **I cried** when **I heard that I will be laid off in a month.**
  在我聽到我一個月後會被裁員之後，我哭了。
  〔先聽到要被裁員的消息，接著就哭了，用 when 可以表達出先後順序〕

- **My mom was really angry** when **she heard me tell lies.**
  我媽媽在聽到我說謊之後非常生氣。
  〔在聽到說謊之後才生氣，用 when 連接可以表達出接續發生的先後順序〕

❺ 若前後兩句中，分別出現了持續動作和瞬間動作，則不論用 when 還是 while 都可以

如果要表達的是像「我在洗碗的時候電話響了」或「我在切洋蔥時哭了」這種句子，前後兩句中，就會分別出現**持續進行的動作**（wash dishes 和 cut onions）和**瞬間發生的動作**（ring 和 cry），這時不論是用 **when 還是 while 來連接都可以**，另外，為了表達出「進行中」的感覺，持續進行的動作會使用**進行式**來表達。

CH.
06

- When/While **I was washing the dishes, my phone rang.**
  在我洗碗的時候電話響了。

- When/While **I was singing, the power went out.**
  在我唱歌的時候停電了。

- **I cry** when/while **I'm cutting onions.**
  在我切洋蔥時我哭了。

2. 重要的各種「因為」

　　當要用英文進行說明時，知道要怎麼正確表達「因為～」是非常重要的。特別要注意的是，我們在說中文的時候常常會說「因為～，所以～」，但在用來表達**因為～**的英文中，除非是後方接名詞或動名詞（Ving）的 because of、due to、on account of、as a result of，其他的 because、since、as 都是連接詞，而**連接兩個句子只需要一個連接詞**，所以**不能用了 because（因為）又用 so（所以），只能從中選擇一個來用**。

　　我把最常用來表達「因為～」的各種說法整理成了下面這個表格，除了比較它們之間的差異，也提供了實際例句，請好好參考來理解所有的說法，並隨當下情境挑選最適合的表達方式來用。

表達方式	差異點	例句
because＋句子		I don't want to attend the meeting **because** I think it is pointless. 我不想參加那場會議，因為我覺得這場會議沒有重點。
since＋句子	原因必須是**大家都已經知道的情況**，或是**可以輕易判斷的事實**。	**Since** you are obviously not interested in Tracy, I will ask her not to message you again. 因為你顯然對崔西沒興趣，我會請她不要再傳訊息給你了。

as＋句子	as 在當作「因為」來使用時，基本上和 because 的用法相同。	I took a day off **as** I was sick that day. 因為我那天生病了，所以我請了一天假。
because of＋名詞／動名詞（Ving）	意思是「因為～（的關係）」，在介系詞 of 的後面**只能接名詞或動名詞（Ving），不能接句子**。	**Because of** the bad weather, I didn't make it to the show. 因為壞天氣，我沒有去成那場表演。
due to＋名詞／動名詞（Ving）	通常用來解釋意外、災難、危機等**壞事發生**的原因	The delay was **due to** heavy rain. 這次延遲是因為大雨。
as a result of＋名詞／動名詞（Ving）	小心別和也是用來表示因果關係的片語 as a result 搞混了，**as a result（因此）**是用來表達語氣轉折的轉折語，**後面出現的句子是「結果」而非原因**。	**As a result of** the accident, Melody quit her job. 因為那場意外，美樂蒂辭職了。
on account of＋名詞／動名詞（Ving）	**語氣上較正式**，這裡的 account 是「原因」的意思。	**On account of** her parents, Liz decided to break up with her boyfriend. 因為她的父母，麗茲決定要和她的男友分手。

CH. 06

在本章對話中，麗茲的媽媽生病了，讓她沒辦法去看表演，在現實生活中，我們也常會在聊天時講到和疾病相關的話題。

英文裡最常用來說「疾病」的字就是 **disease**、**illness** 和 **sickness**，不過它們在字義和用法上其實都不大一樣，一起來看看有什麼差別吧。

> **I believe that most diseases can be wiped out.**
> 我相信大多數的疾病都是可以被消滅的。
> **I'm not sure what disease he caught, but I've heard that he's in the hospital now.**
> 我不確定他得了什麼病，但我聽說他現在在醫院裡。

disease 表示疾病，通常指稱**具體的疾病**，當可數名詞時，指的是「**特定疾病**」，若是**不可數**，則是泛指「**疾病的總稱**」。

- **Cover your food properly; I don't want to see rats wandering and spreading disease.**

  把你的食物蓋好，我不想看到老鼠在閒晃和散布疾病。〔不可數〕

- **I think I caught the disease from you.**

  我覺得這病是你傳染給我的。〔可數〕

> **I can't make it because of my illness.**
> 我因為生病而到不了。
> **He is still a happy person despite his sickness.**
> 他儘管生病也仍是個開心的人。

illness 跟 sickness 常常會互通混用，除了「疾病」之外，也可以表達「受疾病影響的時間」或「因為疾病而導致的不良狀態」，也就是「**病期**」或「**不舒服**」的意思。

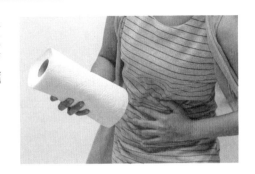

- **My father passed away after a long illness.**

  我父親在去世之前生病了很久。
  〔病期〕

- **I got cold, and the illness made me dizzy all day.**

  我感冒了，不舒服讓我整天都很暈。〔不舒服〕

★ 下面按照緊急程度，整理了各種常見疾病的英文說法給各位參考，未來若遇到不同情境，就可以對應使用。

嚴重程度	表達說法	
小毛病	• headache 頭痛 • stomachache 胃痛 • muscle pain 肌肉酸痛	• acid stomach 胃酸過多 • sprained ankle 腳踝扭到 • muscle strain 肌肉拉傷
診所就可以治療的小病	• fever 發燒 • skin allergy 皮膚過敏 • toothache 牙痛 • stomach flu 腸胃炎	• cold 感冒 • flu 流感 • tooth decay 蛀牙 • asthma 氣喘

要到大醫院治療的嚴重病症	• cancer 癌症 • colon cancer 大腸癌 • kidney stone 腎結石 • urinary tract infection 泌尿道感染 • myocardial infarction 心肌梗塞 • high blood pressure 高血壓 • heart disease 心臟疾病	• a sexually transmitted disease 性病 • a nervous system disease 神經系統疾病 • skin diseases 皮膚疾病 • pneumonia 肺炎 • contagious diseases 傳染疾病 • stroke 中風 • diabetes 糖尿病

Try it 試試看！

1. Due _____ the heavy rain, we cannot make it.
   因為大雨，我們沒辦法到了。

2. He was singing _____ his mom was watching TV.
   他在唱歌的時候，他媽媽正在看電視。

3. _____ I got home, he called me.
   當我到家的時候，他打了電話給我。

Answer: 1. to 2. while 3. When

Part

07

各種
「假如」的文法

If the typhoon comes tomorrow, I will ...

如果明天……

P7_Ch1.mp3

Dialogue 開始進行對話！

Point 如何對未來做出假設

A: **If** the typhoon **comes** tomorrow, I **will** stay home the whole day.

B: Isn't today sunny, though? It doesn't seem like a typhoon's coming.

A: **If** we **were** living in Tainan, I **might** agree. But, we are living in Taipei now. Every time a typhoon comes, Taipei has heavy rain and strong winds.

B: I couldn't agree with you more. Speaking of Tainan, how is the weather there?

A: The forecast says the typhoon won't hit there, so it will stay hot and sunny.

B: **If** the forecast **is** correct, it **will** be raining cats and dogs in Taipei tomorrow.

‖ **中文翻譯** ‖

A： 如果颱風明天來了，我會一整天都待在家裡。

B： 今天不還是晴天嗎？看起來不像有颱風要來的樣子。

A： 如果我們是住在台南，我可能會這樣覺得。但我們現在住在台北。每次颱風來，台北都會有大雨和強風。

B： 我完全同意你說的。說到台南，那邊的天氣怎麼樣？

A： 預報說颱風不會去那裡，所以天氣還是會炎熱晴朗。

B： 如果預報正確，那明天台北就會下傾盆大雨了。

Grammar 對話裡的文法！------------------------------

　　· **假設未來的假設語氣**
　　· **與現在事實相反的假設**

----

1. 假設未來的假設語氣

　　我們在生活中常常會碰到要說出一些表達「**假設**」或「**願望**」的時刻，就像前面對話中出現的「如果颱風明天來了，我會一整天都待在家裡」這種句子，這個時候就必須用到**假設語氣**。

　　在假設語氣裡，最常見也最常用到的就是 **if 條件句**，也就是先用 if 帶出一個條件子句，後面再接上一個主要子句，來表達滿足條件之後會發生什麼事。

　　說到 if 條件句就必須要討論一下句子的時態，隨著 if 條件子句時態的改變，就可以表達出「假設過去」、「假設現在」、「假設未來」等意義，其中我們最常用到、也是最簡單的，就是**假設未來的假設語氣現在式**。

　　假設語氣現在式就是我們日常生活中最常用的 if 條件句，這種句子表達的是「**未來有可能會發生的假設**」。

225

下面是假設語氣現在式（if 條件句）最常用的句子構成：

If＋主詞＋現在式~, 主詞＋will/may/can/shall＋原形動詞

- **If Vivian goes to the party, Adam will go, too.**
  如果薇薇安要去那個派對，亞當也會去。〔未來有可能會發生〕

- **If I buy the sports car, I will go broke.**
  如果我買了那輛跑車，我就會破產。〔未來有可能會發生〕

假設未來的假設語氣現在式最常用來表達下面三種情形：

①　表達事實與常理

當在滿足 if 條件句中的條件之後，後面主要子句裡提到的事件就會**有很大機率會變成事實**，或**按照常理推斷應該會發生**，那麼就會用假設語氣現在式。

- **If you go to bed now, you will get up early.**
  如果你現在去睡覺，你就會早起。
  〔滿足「現在去睡覺」的條件，「早起」的機率很大〕

- **If it rains heavily, the outside floors will get wet.**
  如果下大雨，外面的地板就會濕掉。
  〔滿足「下大雨」的條件，「地板濕掉」的機率很大〕

②　表達立即會發生的事情

如果要表達的是滿足 if 條件句中的條件之後，後面主要子句裡提到的事件**就會隨之發生**，這時也會使用假設語氣現在式。

- **If you join the party, you will meet Andy.**
  如果你參加派對，你會遇到安迪。
  〔滿足「參加派對」的條件，「遇到安迪」這件事就會發生〕

- **If you don't attend the meeting, your boss may think you are not taking your job seriously.**
  如果你不參加那場會議，你老闆可能會認為你沒有把你的工作當回事。
  〔滿足「不參加會議」的條件，「老闆認為」這件事就會發生〕

❸ 表達指令或命令

日常生活中也很常將假設未來的 if 條件句，拿來和表達指令或命令的祈使句混用，這時句型會變形成：

If + 主詞 + 現在式~, (please) 祈使句.

這個句子會用來表達在滿足 if 條件句中的條件之後，**要求對方去做後面祈使句裡提到的事**，若想要讓語氣**變得委婉一點**，可以在祈使句前加上 **please（請，拜託）**。

- **If you have any questions, please let me know.**
  如果你有任何問題，請讓我知道。

- **If you don't want to be bothered, go to that room.**
  如果你不想被打擾，去那個房間。

「假設未來」是假設語氣中相對簡單的，沒有涉及過去式與過去完成式等概念上較為複雜的英文文法，而且日常生活中也特別常拿出來用。只要掌握這三種使用情境，並自己造句試試看，要實際使用應該不會有太大問題。

2. 與現在事實相反的假設

相對來說，如果要用 if 條件句來表達「假設現在」或「假設過去」的內容，也就是「如果現在～的話，就會～」以及「如果當時～的話，就～了」意義的句子，那麼要用的文法就會比較複雜一點。

我們現在先來講「假設現在」，也就是做出**與現在事實不符、非真實、想像、不太可能發生**的假設，表達「**如果現在～的話，就會～**」句意的「**假設語氣過去式**」。

在開始之前，我們先簡單理解一個核心概念，如果是「**假設現在**」，那麼**假設句的內容就要與現在事實相反**。因為就邏輯上來說，如果假設句的內容與現在事實相吻合，那就不叫假設了。

與現在事實相反的假設句的句型長這樣：

If＋主詞＋過去式／were~, 主詞＋would/could/might/should＋原形動詞

　　為了要表達出「這是不可能發生的」、「和現實情況不同的」這種**和現實狀況的差異**，會把時態往過去的時間點移動，因此雖然表達的還是「現在」的狀態，但**整個句子卻會是過去式**，另外，如果在 If 的後方出現的是 Be 動詞，**不論主詞是什麼都必須用 were**。

　　另外要注意的是，因為在主要子句裡出現的助動詞，表達的是不同的意思，所以要根據不同情境來使用。

- **would** → 表示主詞**想要**做某事
- **could** → 表示主詞**有能力**做某事
- **might** → 表示主詞**有可能**做某事
- **should** → 表示主詞**應該、居然、萬一**做某事

　　這句型看起來實在有點複雜，不過其實只要多看幾個例句，就可以很快理解了，不用死記這套公式般的句型。

- **If I worked at Facebook, I might earn more money.**
  如果我現在在臉書工作，我可能會賺更多錢。
  〔與現在事實相反：現在不在臉書工作，所以也沒有賺更多錢〕

- **If I were a boy, I would treat my girlfriend better.**
  如果我是男孩，我會對我的女朋友更好。
  〔與現在事實不符：不是男孩，所以後面的「對我的女朋友更好」不成立，另外，無論主詞是什麼，過去式 Be 動詞都必須使用 were，這個規則在書面上一定要遵守，雖然在日常口語上可能會聽到 was，不過這不是正確的用法〕

- **If he joined the club, he could attend the party.**
  如果他加入了俱樂部，他現在就能參加那場派對了。
  〔與現在事實相反：現在不是俱樂部會員，所以不能參加派對〕

- **If I were a bird, I would fly without any burden.**
  如果我現在是一隻鳥，我就會沒有任何負擔地飛翔。
  〔單純想像而不可能成真的假設〕

如同本章開頭兩人所進行的對話，天氣是大家每天都會聊的話題，也是不知道要聊什麼時的破冰對話好題材，所以與天氣相關的說法是一定要會的，下面就來看看最常用到的天氣相關表達方式吧。

 詢問天氣狀況

How's the weather?
天氣怎麼樣？

可以用來**單純詢問天氣、氣溫、氣象預報說了什麼、出去玩的那天天氣會怎樣等等資訊**。

這句是詢問天氣的金句，與不熟識的人或同事都可以用這句來開啟每日話題，而且從天氣很好或很壞開始聊，接下來就可以延伸聊到天氣好時會去哪裡玩、與朋友去過哪裡等等的經驗分享，讓對話進行得更順暢，也可以拉近彼此的距離。

What's the temperature like (out there)?
外面幾度？

雖然這句的內容是詢問氣溫，但意思是**想知道外面熱不熱或冷不冷**，聽到這個問題的人也不會真的回答具體氣溫的數字，只會說類似 It's really warm outside. You don't need your coat out there.（外面真的很暖。你去外面不需要穿大衣）這種回答。

What's the weather forecast?
氣象預報說什麼？

在討論天氣狀況或氣溫等內容時，一定會用到 weather（天氣）、temperature（溫度）、forecast（預報）等單字，一定要記起來。

描述天氣狀況

除了詢問天氣的大致狀況，也必須知道要怎麼表達特別炎熱、特別寒冷，或有颱風、龍捲風等**特殊天氣狀況**的說法。

I think it's around 40 degrees Celsius outside.
我覺得外面大概有攝氏 40 度。

注意溫度單位的說法是「**數字＋degrees＋單位**」，Celsius 是「攝氏」、Fahrenheit 是「華氏」。

It's really hot/cold/warm/cool.
真的很熱／冷／暖和／涼爽。
It's warm and sunny outside.
外面天氣風和日麗！

在回答天氣問題時，通常會用代名詞 it 來代表 weather 或 temperature，後方的形容詞可以隨著當下的天氣狀況來變換。

★ 常見的天氣形容詞

hot（熱的）　warm（暖和的）　cold（冷的）　cool（涼爽的）
sunny（晴朗的）　rainy（下雨的）　clear（晴朗無雲的）
cloudy（多雲的）　humid（潮濕的）　dry（乾燥的）　foggy（霧重的）
misty（水氣重的，有薄霧的）　gusty（颳陣風的）　windy（有風的）

It's boiling hot!
天氣超熱！

boiling 是「沸騰的」，**boiling hot** 就是指「**熱到沸騰**」的感覺。

It's freezing cold!
天氣超冷！

freezing 來自於 freeze（凍結），也就是「冰凍的」，**freezing cold** 就是指「**讓人冷到被凍住**」的感覺。

It's raining cats and dogs outside!
外面滂沱大雨！

rain cats and dogs 是個很常用的英文諺語，指「雨大到可以把貓和狗沖走」，也就是「**滂沱大雨**」的意思。

The weather will be warming up.
天氣會開始回暖。

warm up 在這裡不是暖身的意思，而是「**逐漸回暖**」。

This is such awful/nice weather!
這天氣太糟糕／好了。

such 後面的形容詞可以視當下情況替換，例如 awful、great、nice、bad、horrible 等等。

Try it 試試看！

1. If your mom _____ tomorrow, you will have to behave well.
如果你媽媽明天來了，你就必須要好好守規矩。

2. If I _____ a boy, I would go on a date with Sally.
如果我是男孩，我就會去跟莎莉約會。

3. If he _____ a girl, he would go out with boys every day.
他如果是女孩，他就會每天都跟男生出去。

Answer：1. comes 2. were 3. were

Dialogue 開始進行對話！

 Point 如何對過去做出假設

A: If I **had** stayed in the US 5 years ago, I **could have** become an engineer at Google.

B: What held you back from pursuing your dream?

A: My wife asked me to go back to Taiwan with her. If we **had** not gone back together, we **would not have** still been married.

B: Well, I guess you made the right decision.

A: I guess so... I am trying to convince myself as well. You know what? Why don't we grab a drink now?

B: If you and I were single, I would say yes. I think you should talk to your wife instead.

‖ 中文翻譯 ‖

A： 如果我五年前待在了美國，那我可能就會成為谷歌的工程師了。

B： 當時是什麼阻止了你去追求你的夢想？。

A： 我老婆要我和她一起回台灣。如果我們當時沒有一起回來，我們就不會還是夫妻了。

B： 這個嘛，我想你做了正確的決定。

A： 我想是吧……我也正在試著這樣說服我自己。對了，我們要不要現在去喝一杯？

B： 如果你和我現在都是單身，我就會說好。我覺得你應該改去和你老婆談談。

Grammar 對話裡的文法！

▶ Point ・與過去事實相反的假設

1. 與過去事實相反的「假設過去」

在前一章我們說到了「假設未來」的假設語氣現在式和「假設現在」的假設語氣過去式，有沒有發現假設語氣的核心概念，就是句子的時態會隨著想要假設的時間點而往前推：

- **未來**有可能會發生的假設 → 用**現在式**
- 與**現在**事實不符的假設 → 用**過去式**

那麼，按照邏輯推理，就可以知道「假設過去」的假設語氣，必須要用過去完成式了。

- 與**過去**事實不符的假設 → 用**過去完成式**

假設過去的 if 條件句，表達的多半是「**如果當時～的話，就～了**」這種意義，可以理解成「千金難買早知道」的那種**懊悔感**，也就是「如果過去做了某事，後來的結果就會不同了」，但事實上就是「因為過去沒做，所以結局也依然沒有改變」。

還記得什麼是過去完成式嗎？**過去完成式**就是用來描述：「**在過去的時間點和更之前的時間點所發生的動作或事件**」，基本句型是「had＋過去分詞」，例如 The bus had already left when I got to the bus stop.（我到公車站牌的時候，公車已經開走了），「到達公車站牌」和「公車開走」都是發

生在過去的事，但「公車開走」的發生時間點先於「到達公車站牌」，所以要用過去完成式來描述「公車開走」這件事。

同樣的概念可以套用到假設過去的「**假設語氣過去完成式**」，假設過去的 if 條件句，必須要使用過去完成式，表達「**如果更早的時候完成某行為，則後來的某個結果就會改變**」的意思。

句子的構成會長得像下面這樣：

If＋主詞＋過去完成式（had＋過去分詞）~, 主詞＋would/could/might/should＋have＋過去分詞

句型看起來有點複雜，不過只要透過例句就能輕鬆理解了。

- **If I had worked harder, I would have gotten scholarships.**
  如果我當時更努力點，我就會拿到獎學金了。
  〔當時沒有更努力，所以沒有拿到獎學金〕

- **If Joseph had turned to me, he could have passed the exam that time.**
  如果喬瑟夫當初有向我求助，那他那時就能通過考試了。
  〔當時沒有求助，所以沒有通過考試〕

- **If you had proposed to me, I would have married you.**
  如果你當時跟我求婚，我就會跟你結婚了。
  〔當時沒有求婚，所以沒有和對方結婚〕

2. 使用「假設過去」的情境

在徹底理解了表達「與過去事實不符的假設」的假設語氣過去完成式之後，我們就可以更深入的分析一下，在什麼樣的情境之下可以使用這種假設方式。

❶ 描述不可能成真的事情或反諷

在進行日常對話時，如果想要做的假設是**不可能成為事實的事情，或是想要表示反諷，且描述的事件發生在過去的時間點**，例如「假如當

時的國王是我」、「假如我**那時候**是隻鳥」、「假如你**當初**借我錢」等等，就可以用「假設過去」的假設語氣過去完成式。

- If Susan had been the queen, she would have bought the castle.

  如果蘇珊當時是皇后，她就會買下那座城堡了。〔不可能成為事實〕

- If the earth had been destroyed by meteors a long time ago, humans would not have existed.

  如果許久以前地球被彗星給摧毀了，人類就不會存在了。〔不可能成為事實〕

- If you had lent me money, you would have gotten a lot of money back.

  如果你當初借了我錢，你就會拿回很多錢了。〔反諷〕

- If Jason had married Angie, he could have been the CEO.

  如果傑森那時和安姬結了婚，他就可以當執行長了。〔反諷〕

❷ 表達遺憾或後悔

當過去發生的某件事或進行的某個動作，讓人現在想起來覺得遺憾或後悔，也就是對於**「因為當初沒做某件事，所以造成了後來令人不滿意的結果」感到遺憾或後悔**，這時就會用「假設過去」的假設語氣過去完成式。

- If my kid had studied harder, he would have attended university.

  如果我的孩子當初更認真念書，他就會去念大學了。〔遺憾〕

- If I had not gotten married, I might have become the CEO.

  如果我當初沒有結婚，那我可能就成為執行長了。〔後悔〕

- If he had come, Jessie could have survived the accident.

  如果他當初來了，傑西就能從那場意外中活下來了。〔遺憾〕

- If I had helped him, he would not have gone bankrupt.

  如果我當初有幫他，他就不會破產了。〔後悔〕

　　在日常生活中難免會遇到需要說服別人的時候，在英文中有兩種常見的「**說服**」，分別是 **persuade** 和 **convince**，不過，雖然翻譯成中文都是說服，但其實它們不論在用法，還是意義上都很不一樣，一起看看要怎麼用才正確吧！

 拿出證據的 convince

　　convince 的「說服」是拿出具體的**資料、數據、證據或用縝密的邏輯推理**，來讓別人打從心裡覺得你所說的內容是正確的，進而讓對方願意聽從你的意見，改變自己的想法而去做某件事。

> **It is not easy to convince Jim, even with evidence.**
> 即使有證據，要說服吉姆也不簡單。

　　「**convince＋某人**」是「**讓某人心服口服**」的意思。

> **I hope the data will convince you to change your mind.**
> 我希望這些數據會說服你改變主意。
> **I have successfully convinced my boss to take my proposal for the next season.**
> 我已經成功說服我老闆接受下一季的提案。

　　當在會議上想要說服其他同事改變心意、轉往自己提出的行動方向時，就可以用這種「**convince＋某人＋to＋原形動詞＋某事**」的說法，來表達出「**說服某人去做某事**」的意思。

Instead of complaining, why don't you try to convince your colleague of your report?
與其抱怨,你要不要試著去說服你的同事相信你的報告?

　　「**convince＋某人＋of＋某事**」是「**說服某人相信某事**」的意思,也是最常見的 convince 表達方式。

I'm not convinced that he would steal the money.
我不相信他會偷那筆錢。

　　convince 後面加上 that 就能加上子句,請注意這個句子裡的 convince 是用加上字尾 d 的**過去分詞**,變成了形容人的「**確信的**」,如果要形容某個事物是「**可信的**」,則要使用**現在分詞**的 **convincing**,例如 His story is not convincing at all.(他的故事一點都不可信)。

 ### 考驗說話技巧的 persuade

　　和著重於拿出證據的 convince 不同,**persuade** 的說服不依靠客觀的證據或資料,而是**單單用「說」的方式去說服他人**,例如提供一個沒有實質根據的理由或藉口來說服對方去做某事,因此 **persuade** 的意義更接近於中文所說的「勸說」。

I have tried my best to persuade Jenny to come to the party.
我已經盡力說服珍妮來派對了。

　　persuade 通常用在「**說服某人去做某事**」,這時會用「**persuade＋某人＋to＋原形動詞＋某事**」的表達方式。

> **It's impossible to persuade Jason into putting on a skirt.**
> 要說服傑森穿上短裙不可能。

　　也可以用「**persuade＋某人＋into＋動名詞**」的表達方式來說「**說服某人去做某事**」，特別注意 into 後面的動詞要改成動名詞形態。

> **My lawyer persuaded me out of suing the bank for a data breach.**
> 我的律師說服我不要告銀行把資料外洩。

　　如果要表達的是「說服某人不去做某事」，則必須把 into 改成 out of，使用「**persuade＋某人＋out of＋動名詞**」的說法來表達。

Try it 試試看！

1. If I _____ _____ got married, I would have lived in the US.
   如果我當時沒有結婚，我就會住在美國了。

2. If I _____ asked her out, she would have been my girlfriend.
   如果我當時有約她出去，她就會是我的女朋友了。

3. If I had worked harder, I _____ have earned more money.
   如果我當時更努力工作，我可能就能賺更多錢了。

台灣廣廈 國際出版集團
Taiwan Mansion International Group

國家圖書館出版品預行編目（CIP）資料

實境式 生活大小事 文法這樣用 / Joseph Chen 喬的英文筆
記著. -- 初版. -- 新北市：國際學村, 2023.01
　　面；　公分
ISBN 978-986-454-255-0
1.CST: 英語 2.CST: 語法

805.16　　　　　　　　　　　　　　111018157

國際學村

實境式 生活大小事 文法這樣用
徹底融合情境，學會真正用得上的實用英文文法，讓日常生活成為你的文法老師！

作　　　者／Joseph Chen
　　　　　　喬的英文筆記

編輯中心編輯長／伍峻宏・編輯／徐淳輔
封面設計／何偉凱・內頁排版／菩薩蠻數位文化有限公司
製版・印刷・裝訂／東豪・弼聖・秉成

行企研發中心總監／陳冠蒨
媒體公關組／陳柔彣
綜合業務組／何欣穎

線上學習中心總監／陳冠蒨
產品企製組／顏佑婷

發 行 人／江媛珍
法 律 顧 問／第一國際法律事務所 余淑杏律師・北辰著作權事務所 蕭雄淋律師
出　　　版／國際學村
發　　　行／台灣廣廈有聲圖書有限公司
　　　　　　地址：新北市235中和區中山路二段359巷7號2樓
　　　　　　電話：（886）2-2225-5777・傳真：（886）2-2225-8052

代理印務・全球總經銷／知遠文化事業有限公司
　　　　　　地址：新北市222深坑區北深路三段155巷25號5樓
　　　　　　電話：（886）2-2664-8800・傳真：（886）2-2664-8801
郵 政 劃 撥／劃撥帳號：18836722
　　　　　　劃撥戶名：知遠文化事業有限公司（※單次購書金額未達1000元，請另付70元郵資。）

■ 出版日期：2023年01月
ISBN：978-986-454-255-0